故事写作法 ①
如何讲故事的7堂入门课

[日] 圆山梦久 著

「物語」のつくり方入門 7つのレッスン

中国青年出版社

图书在版编目（CIP）数据

故事写作法 . 1，如何讲故事的 7 堂入门课 /（日）圆山梦久著；金香兰译 . —北京：中国青年出版社，2024.7
ISBN 978-7-5153-7329-4

Ⅰ . ①故… Ⅱ . ①圆… ②金… Ⅲ . ①小说创作－创作方法 Ⅳ . ①I054

中国国家版本馆 CIP 数据核字（2024）第 111275 号

Original Japanese title: 'MONOGATARI' NO TSUKURIKATA NYUMON NANATSU NO LESSON
Copyright © Muku Maruyama 2012
Original Japanese edition published by Raichosha Co., Ltd.
Simplified Chinese translation rights arranged with Raichosha Co., Ltd.
through The English Agency (Japan) Ltd. and Shanghai To-Asia Culture Co., Ltd.
Simplified Chinese translation copyright © 2024 China Youth Book, Inc. (an imprint of China Youth Press)
All rights reserved.

故事写作法 1：如何讲故事的 7 堂入门课

作　　者：[日]圆山梦久
译　　者：金香兰
策划编辑：刘　吉
责任编辑：刘　吉
美术编辑：张　艳
出　　版：中国青年出版社
发　　行：北京中青文文化传媒有限公司
电　　话：010-65511272 / 65516873
公司网址：www.cyb.com.cn
购书网址：zqwts.tmall.com
印　　刷：北京博海升彩色印刷有限公司
版　　次：2024 年 7 月第 1 版
印　　次：2024 年 7 月第 1 次印刷
开　　本：880mm×1230mm　1/32
字　　数：120 千字
印　　张：6
京权图字：01-2023-0671
书　　号：ISBN 978-7-5153-7329-4
定　　价：59.00 元

版权声明

未经出版人事先书面许可，对本出版物的任何部分不得以任何方式或途径复制或传播，包括但不限于复印、录制、录音，或通过任何数据库、在线信息、数字化产品或可检索的系统。

中青版图书，版权所有，盗版必究

自　序

　　本书是给未来"想写故事"的人总结的写故事的基本步骤。

　　写故事与烹饪、陶艺有所不同，写故事并没有"必须按照指定的步骤去写"的要求。

　　你可以先决定一个故事的梗概，也可以先考虑故事的登场人物。你还可以从脑中闪现的场景或台词着手，不断地丰富故事情节。

　　话虽如此，对于那些生平第一次创作故事的人来说，即使你对他说"请你随意发挥，想写什么就写什么"，我想这些人还是会不知所措，陷入一片迷茫之中的。

　　我在写作班、大学教学生如何写作的时候，经常会想："如果创作类图书也有像料理书籍《鱼的改刀方法》这种专门介绍最基础技巧的书籍就好了，就比如有一本讲解最基础的《故事梗概的写法》的图书，岂不是很方便？"

　　于是就决定，把"如果有这样的书岂不是很方便"的想法通过本书呈现出来。

　　本书的课程是按照"整个故事的发展脉络"→"主要人物的刻画"→"决定细节描写与展现手法"的顺序编排的，但并不代表必须按照这个顺序来写。在阅读本书时，你可以先选择在你写作时感到困惑的内容读起，也可以选择从自己最想写的那部分开始读起。

　　本书的每一节课都以练习的形式，详细地将"这样写就能写出来"的步骤列举了出来。所以，请你动一动手，试着开始写作吧。

　　真心希望这本书能帮助你写出最想写的故事，那将是我最大的荣幸。

目录

自　序 / 003

了解你当前的状态 / 009

Lesson 1　勾勒出故事的大致轮廓 / 017

　　"素材""构思""结构"的区别 / 019

　　如何构思故事结构 / 021

　　孕育故事结构 / 024

　　找到你的"引爆点"1 / 026

　　找到你的"引爆点"2 / 028

　　找到你的"引爆点"3 / 029

　　　　"事件"和"动机" / 031

　　　　"类型"和"小插曲" / 032

　　　　"题材""道具""关键词" / 037

　　小结 / 040

Lesson 2 **构思整个故事的发展脉络** / 043

让故事变得张弛有度 / 045

情节设定 / 049

故事的高潮 / 050

对于"平凡度日"的看法 / 056

故事的发展、冲突部分的构思 / 058

以"成功指标"为基础制造障碍 / 061

追加小插曲 / 068

最初的事件 / 069

解决的部分 / 073

小结 / 076

Lesson 3 **塑造角色** / 081

麻烦越多,故事越有意思 / 082

需求是分"层次"的 / 083

简单的需求具有说服力 / 085

决定个性的三要素 / 085

何谓"有个性的角色" / 090

极端的状况和极端的角色 / 093

Lesson 4　**塑造主人公**　/ 097

　　决定主人公的角色 / 098

　　能力和自我评价可以改变角色 / 102

　　决定主人公的价值观 / 106

　　动作与反应 / 111

Lesson 5　**塑造反派人物**　/ 117

　　麻烦、矛盾、对立 / 118

　　决定反派人物的形象 / 119

　　让反派人物和主人公动起来 / 124

　　创建动作→反应的流程 / 126

Lesson 6　**塑造帮助者**　/ 133

　　步履艰难，对手太强 / 134

　　"帮助者"登场 / 135

　　帮助者的作用与注意点 / 135

　　塑造帮助者的角色 / 138

　　小结 / 145

Lesson 7　细节与演绎 / 149
　　"常见"的过敏反应 / 150
　　匠心独具在细节 / 151
　　职业类、内幕类 / 156
　　与社会问题容易产生共鸣的主人公 / 158
　　在竞技种类上下功夫 / 159
　　以历史为背景的作品集 / 163
　　穿越类作品 / 164
　　科幻 / 166
　　思考"如何讲述" / 171
　　　　"推理"和"悬疑" / 172
　　　　具有吸引力的谜团和预告 / 176
　　决定作品的"亮点" / 178

结　语 / 185

*本书摘录汇集了本人在作文私塾和文化中心教授的课程内容。
本书中所引用作品的著作权，均归提供者所有。

了解你当前的状态

"想写，但就是写不出来"

——单是这一句，其含义就是千差万别的

- 写不出来是因为卡在了"故事概要"上，还是难以决定故事线呢？
- 虽然已经想好了粗略概要，就是主人公的性格仍模糊不定？
- 虽然已构思好故事与角色，可一旦开始写，却又发现缺乏很多信息，于是陷入了原地踏步的状态？
- 并非上述原因，是因为没有时间，没有合适的环境，导致到现在都没开始写？……

首先，我们有必要明确一下你当前的状态。

请准备好笔和纸。当然，用电脑也是可以的，但我还是建议你手写。这是因为多活动你的手指有助于刺激你的大脑，帮助你找到更好的想法。

STEP 1

针对你现在想写的作品，请尽可能地将你所想到的全部内容记下来，哪怕是凌乱的片段也好，甚至文稿支离破碎也没关系，在这个阶段，只要你清楚自己写的是什么就可以了。

总之，现在就倾其所有，全部写下来吧。

……写出来了吗？

接下来，基于你的笔记，请回答下面的问题。

能回答的问题就回答，回答不了的请在"待定"方框里打个对号。

作答时，千万不要勉强去填满空格！

因当前尚处于准备阶段，所以有很多不清楚的事项或待定事项是理所当然的。当你遇到回答不了的问题时，无须多虑，请直接跳过即可。

STEP 2

作品的名字是什么？

```
┌─────────────────────────────────┐
│                                 │
└─────────────────────────────────┘
```

☐ 待定

作品是哪个时代的故事？

☐ 待定

作品的写作背景是什么?

☐ 待定

请告诉我主人公的信息。

- 姓名
☐ 待定

- 年龄 岁
☐ 待定

- 职业
☐ 待定

- 性格

☐ 待定

请用一句话概括作品里的主人公是怎样的人物形象？

例 坠入爱河；击败敌人或对手；旅行；成功赢得某种东西。

- 主人公 ┆　　　　　　　　　　　　　┆
- ☐ 待定

主人公在作品中是否达成了前面提到的（坠入爱河；击败敌人或对手等）那些目标呢？

☐ 达成了　☐ 未达成　☐ 都不是

☐ 待定

作品的结尾是喜悦的圆满结局还是悲剧结局呢？

☐ 圆满结局　☐ 悲剧结局　☐ 都不是

☐ 待定

当读到完成后的作品时，你认为读者会是怎样的心情呢？

例 兴奋；感动；感到痛快。

┆　　　　　　　　　　　　　　　　　　　　　　┆
┆　　　　　　　　　　　　　　　　　　　　　　┆

☐ 待定

请将该作品的内容用三行以内的语言简单概括一下。

例 在14世纪的意大利。生在世代为仇的两个家庭的罗密欧与朱丽叶坠入了爱河，不幸的事情接踵而至，未能终成眷属。

□待定

……写完了吗？填写多少了呢？

"回答问题的过程中，我发现作品的轮廓渐渐地变得清晰了""在写的过程中，萌生了新的想法"。

如果你发现有类似的情况，那就赶紧记下来吧。

"在写这些的过程中找到感觉了。已经迫不及待地想要开始写故事了！"

如果你也有这种感觉，那么祝贺你。建议你趁热打铁，趁着有写作热情的时候将其写下去吧。真的没必要非把这本书一口气读完，当你写到一半写不下去的时候，再回来继续读就可以了。

"我基本没填写。"

"我只想出了几个片段性的对白和场景……"

"想写的东西太多了,但感觉没法整合到一个作品里。"

如果你发现有类似的情况,也没关系。接下来我会帮助你逐一解决。

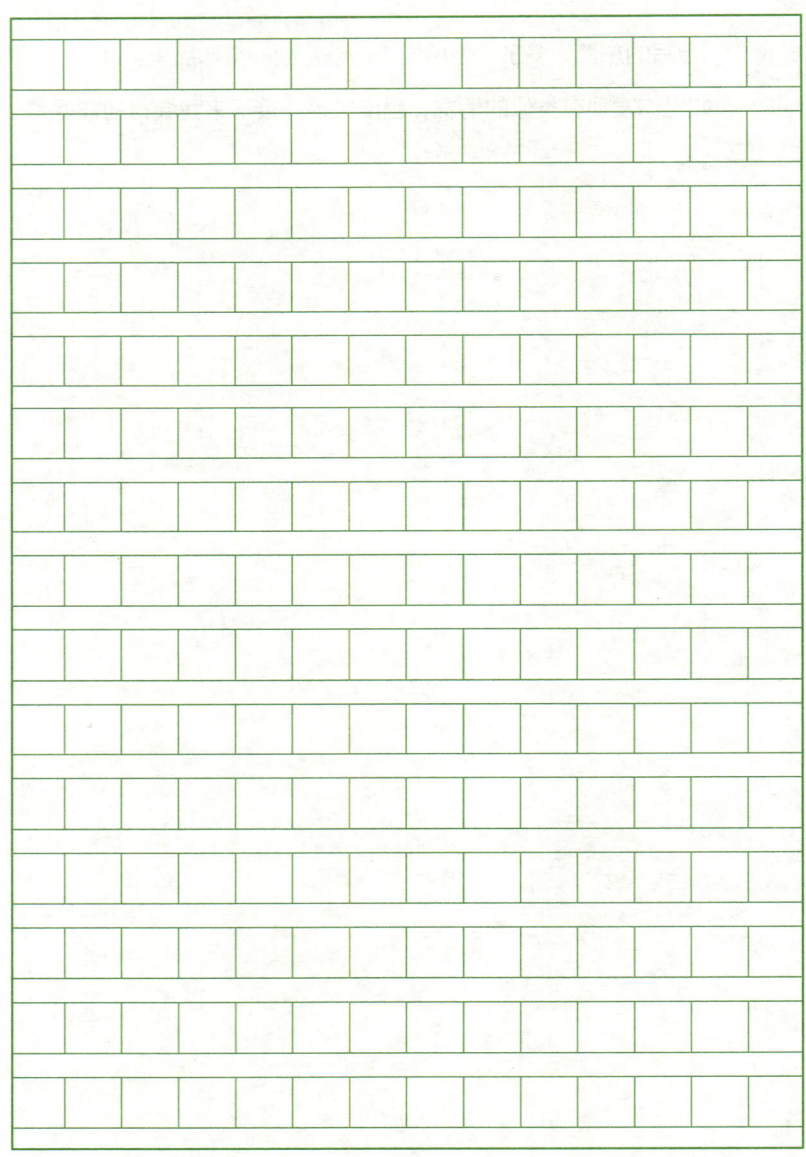

Lesson 1

勾勒出故事的大致轮廓

某一天，突然袭来一阵强烈的写作欲望，于是买回来了一个崭新的笔记本或者打开电脑新建一个文件，"好，写就完了！"于是撸起袖子开始写起来。

刚开始以满腔的热情投入到写作中，写得非常顺畅，但过了几天，速度渐渐地慢了下来。偏偏就在这时，赶上有紧急的工作要处理，又或者有了难以推辞的应酬，于是就这样在不知不觉之中故事消失了。写到一半被搁置在那里的故事，全都堆积在桌子上和电脑里……

你是否也曾有过这样的经历呢？

造成半途而废的原因有很多，其中，最主要的一个原因就是，没有写完故事梗概就开始写了。

归根结底，也就是这个原因了。

的确，在职业作家中，有不少作家会说，"我创编作品时，并不会刻意地去决定结局。我觉得这样故事才更有意思"。

如果你也能够以这种方式完成故事的话，那么你可以跳过这一章了。

但是，如果你处于开始写→中断→放任不管的循环，那么，还是请你耐心地读完后面的内容吧。

"素材""构思""结构"的区别

"你想写什么样的故事呢?"

针对这个问题,有的人会回答"感人的故事"或是"有趣的故事"。

如果讲得再准确一点,就是"能让读者感动的故事""能让读者感到有趣的故事"。

那么,你想通过怎样的故事感动读者或让其充满愉悦感呢?

对于同一个问题,有些人会回答他们想写的故事类型,比如"轻小说"或"儿童文学"。

"想写什么样的轻小说呢?"如果我再这样追问的话,他们回答:"嗯,幻想类的?"还是回答想写的类型。

或者言及世界观,比如回答"我想写一个发生在黑暗世界里的故事"。

还有人会举出一些人物形象,比如"像××游戏/动画/电视剧中出现的像××那样的角色出场的故事"。

我在文化中心和大学授课时,向很多学生提过同样的问题。

可是几乎没有学生是以"××的主人公做了○○,最后以△△结束了"这样的方式给我讲述故事的脉络。当然,也有可能是因为不想当众讲述自己编写的故事。然而,即使让他们写在纸上，还是类似的结果，所以，我认为从一开始就想好故事线的人还是少数的。

还请大家不要误解，我并不是说先有角色或先有世界观，然后再创作故事是不好的。如果能够以这种方式将故事写到最后，那么这就是适合你的写作方式。在创作故事的时候，不存在"不这样做就不行"这种绝对的规则。

但是，如果到目前为止，你所做的都没有奏效，那么，其他方法就非常值得一试了。

接下来，我们梳理一下前面的内容。

所谓的"感人的故事"，就是给读者留下的印象及对读者产生的影响。

"轻小说"和"幻想作品"，指的是作品的类型。

"黑暗的世界"，指的是故事的氛围和世界观。

"像〇〇这样的角色"，指的是故事的登场人物。

"核心问题"以及"新选组"，指的是故事的题材，而"假装成过路的歹徒所为，其实是交换谋杀"，则指的是故事的构思。

将这些组合起来编成一个故事，那么就是某个人物在某个世界里采取了某些行动，经过某些事件之后最终走向了某种结局，这就是故事的发展脉络，也就是说，故事结构是必不可少的。

如何构思故事结构

在我的课堂里，假设对刚开始学写作的学生说"请写出你的故事结构（=故事梗概）"，你会发现大多数的学生都会一脸茫然地望着你。这是因为这些学生都认为要从零开始创作一个到现在为止没有任何人读过的全新的故事，其实他们是不知所措的。

还有一部分学生是困惑于写法，"不知道应该怎么写才好"。

对于这些问题，还请大家放心，其实不用"从零开始创作一个全新的故事"。除非你是天才，否则即便是职业作家也做不到。

尤其对于初学者来说，相比费尽心思从0到1地创作，倒不如考虑如何从1到1更有效率。关于这个方法，在后面会做详细的说明。

下面说一下写法，最简单的写法就是将主人公作为主语，比如，按照"主人公××的故事"这样的形式，用一句话概括出来。

- 如果是爱情故事，那么就是"主人公坠入爱河的故事"。
- 如果是战斗类的故事，那么就是"主人公战斗的故事""主人公战胜敌人的故事"。
- 如果是刻画主人公的努力以及成长轨迹的故事，那么就是"主人公努力的故事""主人公成长的故事"……

你看，如果按照这种结构写，是不是感觉容易些了呢？

"嗯……怎么说呢，我觉得主人公不用特意做些什么。倒不如写一些主人公与出场人物的搞笑日常之类的……"

"对、对，就像《爱心动物医生》和《四叶妹妹！》那种作品，算是治愈类故事吧。总之，就是那种轻松的感觉。"

好吧，就算这样，是不是也得有一个核心人物呢？就像《爱心动物医生》里登场的公辉君以及《四叶妹妹！》里的四叶小朋友那样的角色。

"有啊。"

那么，公辉和四叶小朋友在故事里都做了什么呢？

"那个，也没有什么特别的了……就是有些搞笑，过着温馨的生活啊……"

温馨的生活，原来如此。那么你的故事结构就是：

● "主人公的日常生活"或者是"主人公的生活故事"。

"啊，这么写就可以了吗？"

可以啊。在这个阶段写到这个程度就可以了。还有其他问题吗？

"嗯，我个人认为，只要主角帅气就可以，我并不在意故事的内容……无论是战斗类的还是爱情类的，什么都可以。"

也就是说，你不在意主人公具体做些什么，而是更注重主人公是怎样的一个人，对主人公的颜值和形象有讲究是吗？

"是的。但是，总感觉与'生活类的故事'略有不同。"

你能再详细解释一下"略有不同"吗？

"嗯，我觉得应该更积极向上一些……相比过着平淡的生活，我觉得要做些什么事情。比如，谈恋爱、战斗都可以。"

明白了。用一句话概括你的故事结构就是：

- "主人公做某事的故事"

"这么写是不是太敷衍了啊？"

没有问题的。因为这个阶段还没确定要做什么。

顺便说一下，我的学生当中有很多喜欢写所谓"萌系"故事的学生，他们几乎都有这样的倾向。比如，他们把自己喜欢的角色刻画得淋漓尽致，而其他的角色则是无所谓的感觉。再比如与自己特别喜欢的角色坠入爱河，想要享受一下一起共度美好时光的感觉，这就是他们开始写故事的动机。

这些人的写作特点是在塑造角色方面非常的细致入微，可在故事主线方面则是用单纯的台词或是场景拼凑。再或者就是只有一两个部分的故事情节。

无论是多么棒的角色，如果呆板得像一根木头立在舞台上，是感受不到其魅力的。为了展现角色魅力，就必须得有所作为——或是坠入爱河，或是战斗。并且要有所作为，就应该有相应的动机和欲求。

如果那个角色没有任何表现和举动，仅凭其外貌就能得到满足的话，那么你想要创作的是否并非故事，而是插图或影像呢？又或是想要基于动画片和漫画素材进行的二次创作？推荐你像这样自问自答一下。

对于角色的写法，在Lesson 3上有讲解，想先从角色写起的人可以从Lesson 3读起。

孕育故事结构

现在，你的故事结构的核心部分已经完成了。

- 主人公坠入爱河的故事……
- 主人公战斗的故事……
- 主人公努力奋斗的故事……
- 主人公平凡度日的故事……
- 主人公做某事的故事……

"但是，仅凭这些可没法构成一个故事啊！"

没错，的确如此。除了以上列举的内容，还有"何时""何地""与谁""做什么""如何做"等部分都漏掉了。

主人公坠入爱河，或者是战斗——何时？何地？与谁？如何？

主人公努力奋斗——何时？何地？努力奋斗做什么？如何做的？

主人公平凡度日——何时？何地？如何？

主人公做某事——何时？何地？做什么？如何做的？……

所以，请大家在自己写的故事结构里补充上"何时""何地""与谁""做什么""如何做"的内容吧。

……补充好了吗？

如果你已经填写完成，请跳到Lesson 2。

有多少人没有填写完呢？

"哎，根本想不出来啊。"

"我随便填的，总感觉缺点什么，不太对劲……"

没有关系。刚开始能想到这些已经很不容易了。

因为大家都是试图从零开始写起的。

前面也提到过，如果是一位初学者，相比从零开始创作出1，不如把1换成另一个1更有效率。

那么，那个能作为原始素材的1在哪里呢？

接下来，就谈一谈找到原始素材的方法。

找到你的"引爆点"1

请你先把到目前为止记的笔记放在一边。

重新准备一张新纸——最好是大一点的纸，这样你就可以写很多内容。

……准备好了吗？

然后，在那张纸上，把你读过或看过的小说、漫画、电影和戏剧中你最喜欢的作品的名字都尽可能地写下来。只要具有一定的故事性就可以，哪怕是游戏也可以。

即使你不是很喜欢这个故事，如果你有"无法忘记的某个场景"或"喜欢的某个角色"这样的零星记忆，就把那个名字写下来。

即使你只能想起故事的一部分内容，那部分就是你最喜欢的内容，也把它写下来。

如果你记不清名字，你可以写成"女主角闻着薰衣草，穿越时空"之类的内容。简而言之，只要你自己清楚写的是哪个作品就可以了。

在名字与名字之间请留出足够的空间，便于以后在上面填写其他内容。如果你使用的是小的记事本，那么建议你每页只写一个名字。

这份列表将成为你故事结构的引爆点。所以，在这个地方请不要吝啬时间，不要怕麻烦，尽可能多地写出来吧。建议你至少写出50个，最好能达到100个作品。

虽说多多益善，但也没必要把你不怎么喜欢的作品拿出来凑数。写在你的列表上的作品，最好是那些让你一想起就能自然流露出笑容的，在阅读或看到它们时就令你兴奋的作品。

"可是，最近工作太忙了，根本没时间看电视、看书呢。"

对于这样的人，请试着回忆在孩提时代或年轻时喜欢阅读、观看的作品吧。

刚开始回忆起来可能会吃力一些，但当你写出来几个之后，会渐渐地唤醒沉睡的记忆。

凡事都该试一试，先动动笔写写吧。

……写出来了吗？

我们继续进入下一个环节。

找到你的"引爆点"2

现在有50~100个作品摆在你面前,这些全是你喜欢的。

请在你罗列的作品的空白处填写以下内容:

①请按照"主人公做××的故事"的格式,用一句话概括出来可以吗?

例 《泰坦尼克号》的主人公坠入爱河的故事。或者,主人公在大灾难中顽强地生存下来的故事。

②如果在①的基础上添加"何时""何地""与谁""做什么""如何做"等内容会变成什么样呢?

例 《泰坦尼克号》何时……1912年。何地……在泰坦尼克号上。与谁……与杰克。如何……明明有未婚夫,可偏偏又爱上了另一个人。

③你喜欢这个作品的什么地方呢?

例 《泰坦尼克号》的男主角简直太帅了。豪华邮轮给人一种身临其境的感觉。

如果只记得作品的一部分，就把记得的那部分写下来。

"抱歉。我只能想起故事内容，至于何时、发生在哪个国家，完全想不起来了怎么办？"

如果是这种情况，把知道的那部分写下来就可以。比如"大概是中世纪""日本以外的国家。欧洲？"

但是，"③你喜欢作品的什么地方"这部分，还是要不遗余力地写出来。

……写好了吗？

如果写好了就进入下一个环节。

找到你的"引爆点"3

请你再从头看一下写好的列表，里面所记的，全部是你喜欢的作品。

你发现这些作品有什么共同点了吗？

可能有一部分人已经在前面的操作中注意到了这一点。

"这么一说，我一直就喜欢看体育精神类的电影""看样子自己是真的很喜欢冷酷、有怪癖的角色啊"。

"体育精神类"指的是故事的类型（稍后说明）。

"冷酷、有怪癖"指的是人物。

故事的时代背景是什么呢？

例如，"比起现代的作品，列表里面的古装剧和历史小说要多很多""其中，特别倾向于江户时代末期的作品""只要是未来的作品我都喜欢"等。

舞台背景是如何设定的？

"喜欢超凡脱俗的东西""因为不擅长记忆外国地名……所以都是以日本为舞台背景的""校园类的比较多，意味着……学校？"。

就像这样，请参考本页，结合下面列举的观点，将你"喜欢"的点做一下分类吧。

- 共通的类型（科幻类、悬疑类、幻想类等）
- 共通的氛围/世界观（黑暗或光明，冷漠或多愁善感等）
- 共通的时代（何时）
- 共通的舞台（何地）
- 共通的角色类型（谁）

- 共通的结局（快乐的结局或悲伤的结局）
- 共通的事件（什么事件）★
- 共通的动机（为什么）★
- 共通的情形以及小插曲（怎样的过程）★
- 共通的题材、道具和关键词★
- 共通的情感、影响和效果（让人落泪的故事、兴奋的故事、感人的故事、鼓舞人心的故事等）
- 其他你发现的共通点

关于故事的类型、氛围、事件、地点、人物以及结局，填写起来应该比较轻松。但是，标有★的项目或许有点难以理解，下面就给大家做一下补充说明。

"事件"和"动机"

事件（＝做什么）就是在第25页填写过的故事结构的核心部分。如"坠入爱河""战斗""成长"等这些内容。

而动机是"为什么采取了这样的行动？"。即使同样都是"战斗"类，根据是为守护主人公所爱的人而战斗，还是为了满足自己的野心而战斗，故事的内容自然会有所不同。

你自己喜好的是"战斗"这一点呢？还是觉得战斗的动机更关键呢？

为了便于你思考，请问问自己下面这些问题吧。

如果"想要守护所爱的人"这一动机是共通的，那么为了保护所爱的人而做出的动作，不管是打倒敌人，还是一辈子说谎，你都会喜欢这个故事吗？

如果你的回答是"yes"的话，就说明你把重点放在了动机上。而你的看法如果是"不管动机如何，到最后都没有战斗的话就没意思"，那么你应该是更加注重事件。

当然，也有人会喜欢"主人公（或者是配角）为了守护所爱的人反复陷入血腥的战斗"，这种将特定动机与事件捆绑在一起的故事。

这种情况，请参考下面列举的"类型和小插曲"吧。

"类型"和"小插曲"

有几种传统的写法是广受大众喜爱的。

比如，不幸的主人公通过自己的努力，或在某人的帮助下最终获得了幸福的故事，还有就是类似于灰姑娘的故事。

一个由一群富有个性的成员组成的糟糕的团队，经过团结一致的努力，最后大获全胜的体育精神类的励志故事。

刚开始相互敌视的两个人，意想不到地成了一对组合，组队期间虽然冲突不断，却在最后结成牢固的盟友（＝伙伴）的故事。如果这一对组合是男女组合的话，就是爱情喜剧了。

即使是同类的爱情故事，《罗密欧与朱丽叶》和《失乐园》都是以恋人死亡或共赴黄泉而告终的悲惨的爱情故事。与不可饶恕的爱的故事相关的，还有其他关于疑难杂症和乱伦的故事，这种故事情节组合在一起，就展现了多样的表现模式。

《三千里寻母记》这种旅行类的故事，还有《西游记》和《金银岛》，如果旅行的目的是宝藏，那么就是寻宝的故事；如果与前面提到的伙伴类的内容组合在一起的话，就是公路电影了。滑稽的公路电影，用古话来说就是"珍道中"。

如果旅行的同路人达3人及以上的，那么就不是伙伴类而是派对类的了，就像《指环王》等就是这个类型的。

在《指环王》中，并没有与魔头索伦直接正面交锋的场景。但是，比如《桃太郎》，主角（们）亲自击退恶魔这种就属于英雄战斗类，或者是劝善惩恶类的故事。

本来是同一个贵族，却在不同父母的抚养下成长，长大后遇到自己的本源的贵种流离谭[①]。《天空之城》是一个寻宝的故事，也是一场派对，如果从女主西塔的立场出发，也可以说是贵种流离谭了。

前面列举了几个具有代表性的故事套路。

故事套路和前面提到的事件不同之处在于，它不只是单纯地"恋爱"或"战斗"，而是和怎样的场景有效地结合在一起。

请从这样的视角，再次审视一下你所喜欢的故事列表吧。

成为畅销小说的，或者是被称为成功电影的，其实都是由多个套路组合而成的。你列出来的一系列的作品也应该是很难用一种套路来分类的。

但是，整体看一下列表，是不是能看出常见的套路呢？

比如："这么一说，角色的确是善恶很分明，并且都是善战胜恶的故事。"

或者发现：

"虽然也读一些悬疑、科幻、幻想类的作品，但也都有爱情

[①] 贵种流离谭是日本物语文学的重要原型之一。它指的是幼神或神一般高贵的人因故被流放，不得不离开神的世界或都城（故乡），经历众多苦难后重新作为神被敬仰或者在现世再次飞黄腾达。——编者注

喜剧的要素在内"等。

如同故事的套路那样，场景和事件是成套的，单凭其中一个是不能成为故事主线的，像这样的一段小故事就是插曲。

"到目前为止一直都是敌人（或盟友）的人物在最后一刻突然背叛。"

"敌人阵营中的一个帅气的干部爱上了主人公阵营的一个女人。"

就类似于这样受人欢迎的小插曲或小故事，同样也有传统的套路。

而且：

"一个名不见经传的小人物的真实身份其实是一位了不起的大人物。"

"摘下了眼镜的她，原来是个大美女。"

"其实所有人都串通一气骗主人公。"

"以家人的死为契机，互相仇视的兄弟和解了。"

像这样，很难区分是构思还是套路的情况也很多。

这些其实没必要绞尽脑汁地去思考。试着寻找一下在列表中反复出现的场景就可以了。

"那么，请问经常在爱情故事中出现的三角关系算一种套路吗？还是一个小插曲呢？三角关系应该算是一个场景吧。"

是的。三角关系属于场景。单单是一个三角关系就有各种各样的套路，你最喜欢哪种三角关系呢？

"我也说不清是哪一种……不管是哪一种，一听到三角关系就莫名其妙地紧张。"

无论结局是圆满的，还是悲伤的，都会那样吗？

"是的。"

无论主人公是三角关系中的强势一方，即被两个异性所追求的人物，还是在与另一个人争夺恋人，也是吗？

"是的。"

那就是说，虽然场景已定，但是事件还没有定下来，对吗？

"呃……应该是吧。"

如果是主人公在三角关系中最终获胜与恋人在一起了，或者主人公被两个异性所追求，最终与第三者在一起，就可以说是情节与事件组合在一起了。如果仅有一个情节的话，那就属于题材或者关键词了。

好了，接下来我们继续讲题材、道具和关键词吧。

"题材""道具""关键词"

当你在书店、图书馆或者在租赁店里选书或DVD的时候,最先映入你眼帘的是什么呢?

没错,就是书或者影视碟片的封面。

看到感兴趣的图书封面标题以及影视碟片的封面信息,于是就"先拿起来看看",像这样的经历大家应该都有过吧。

先看看封底的介绍,再粗略翻看、了解里面的内容,而是否购买,那就是之后的事情了。

那么,请问你为什么在堆积如山的书或影视片中,偏偏拿起了那个作品呢?

"因为那是我喜欢的作家写的。"

"因为演员阵容中有自己喜欢的演员。"

是的,这是常有的情况。还有其他理由吗?

"嗯……我喜欢恐怖类的,而它正好有恐怖的感觉……"

你只看包装就知道是否为恐怖类的作品吗?

"是啊,通常我们去一些知名的实体店,'恐怖类作品''韩流作品'不就是分类摆放着的吗。所以,如果放在恐怖类作品的架子上,就认为是恐怖类的了。"

"的确如此。书店以及租赁店,的确会把商品大体地分成几个类别。你说你喜欢恐怖类的,那么,只要是放在恐怖类架子上的作品,你都会拿下来看一下吗?"

"不会啊,我对心理恐怖类的并不感兴趣,经常挑那些作品里有亡灵、僵尸等字样的看。如果作品名中没有僵尸的字样,只要封面或包装上印有僵尸的图片,我也会看内容介绍。"

"我呢,比较喜欢看幻想类的,特别是出现地名时,就会不自觉地拿起来看一看。比如《纳尼亚传奇》《天空之城》等。"

"我喜欢侦探类的小说,如果腰封上印有'本格'等字样的话,就会吸引到我。"

好,谢谢大家。还有很多仅其他情况的,凭前面这些回答内容就能知道大家各自都会被特定语言所吸引,也就是说都有自己喜欢的关键词。

无论是图书还是影视碟片,有很多都把这些关键词放入了题目中。

当你去一些知名的实体店时,在科幻类作品的架子上看到的作品封面上基本都写着"宇宙""太空""外星人""星球"等字样,而在爱情类作品的架子上看到的基本都是"**之恋""爱的**"加上"伯爵""公爵""爱女""公主""族长"等有特点的关键词。

你看，关键词起到了吸引特定粉丝眼球的效果。大家在给自己的作品命名时，也不妨活用一下这种方法。

话又说回来，关键词也分很多种类。例如：

- 体现类别的（心理恐怖、本格推理、逮捕令、虚构战争、传奇、高度奇幻等）
- 体现题材的（新选组、三角恋、婆媳关系、孩子、腐败等）
- 道具名称（娃娃、镜子、蝴蝶、连衣裙、剑、纹章、××侦探团）
- 暗示氛围、腔调以及性质的（黑暗、悲怆、幽默、滑头、有骨气等）
- 暗示内容的（死亡××、血色××、恶魔××、复仇、热吻、冒险、探索、旅程等）

其他应该还有很多。比如像"吸血鬼"这种，既是道具又是角色，还有暗示内容具有多重含义的关键词。

找出能提起你兴趣的关键词并把它们写下来吧。

小结

大家辛苦了。现在，在你们面前摆着的是已经写好的自己非常喜欢的时代（何时）、舞台（何地）、人物（谁）、事件（什么事）、动机（为何）、模式（以什么方式）的列表了。

在制作列表的过程中，是不是有些人已经在不经意间感觉自己的写作思路变得清晰了呢？

"以现在的状态，我感觉能写出来了。"

如果你有了这种感觉，那么恭喜你。趁着好状态，抓紧写吧。

如果写到半途，写不出来了，那么再次回到此处就可以了。

其他人请拿出在第25页完成的故事结构。然后请参考列表，完善"何时""何地""与谁""做什么""如何做"的内容。这回有了素材，填写起来应该比上次容易了。

如果你已填写前面"主人公做什么的故事"的栏，那么，请你参考列表，将"做某事"的内容完善一下就可以了。比如，"某事"是恋爱是战斗还是寻宝的事。

"在做列表的过程中我改变主意了。我能更换最初的故事结构吗？"

当然可以了。如果找到了自己非常喜欢的，只要一想就让你感到欣喜、兴奋的,那么就不用犹豫。

如果故事结构已填写好,接下来就构思故事整体的发展脉络吧。

Lesson 2

构思整个故事的发展脉络

接下来，按照你完成的故事结构，试着编排一个故事吧。请参考下面的模板。

故事结构A

主人公在何时……中世纪左右？

何地……在充满幻想的世界里

与谁……与作为盟友的怪物们

如何……用魔法

事件……击败敌人

为什么（动机）……为了与所爱的人一起拯救世界

主语必须是"主人公"。如果主人公的名字已经定下来了，那么就用主人公的名字，例如"田中太郎如何如何""阿萨王子如何如何"等。

"那请问，如果有几个主人公或是有很多个主人公时应该怎么办呢？"

你说的很多的意思是？

"例如，有一个称为A的主人公做着某事时，称为B的主人公在别的地方做着另一个事，而称为C的主人公又在其他地方做着不同的事情……最后所有人都聚集到同一个地方，这种结局让故事得到了升华。"

明白你的意思了。那是群像剧，或者叫作格兰酒店式写法。通过把同一时间内发生的不同的事情进行并行描述，起到给读者制造紧张感和设置悬念的作用。特别是演绎恐慌的情节时用这种方法能让故事更加精彩。虽然能增添精彩……

但是，不得不很遗憾地告诉大家，我不推荐初学者使用这种群像剧的写法。

不推荐的原因是，这种写法要同时描写多个人物，而且都是主要人物，并且为了不让整个故事破绽百出，需要相当大的精力。

还是先把只有一个主人公的故事认真地写到最后吧。

可是，无论如何都想写群像剧怎么办？那么你就在几个主人公中选出一个，就这个人物的故事结构做一个简单的描述吧。

……写好了吗？

那么，接下来就结合你的笔记，大致编排一下故事的发展脉络吧。

让故事变得张弛有度

请参考图1。图的横轴是时间＝页数。纵轴是读者情绪张力。

如图1绿线所示，如果从一开始读者的情绪张力一直很低，那么最终读者就会在中途感到无聊并放弃了。然而，如果像图2那样从一开始就情绪高涨，来不及喘口气，各种事件频发，难道就会有意思吗？其实也并非如此。

想想在电影或电视剧里出现的接二连三的爆炸场景，动作片里出现的一场接一场的对打场面，是不是更容易理解了呢。如果这种紧张的场景不断，读者就会感到疲倦或者厌恶。

至于虎头蛇尾的图3，就更不值一提了。一路上涨的图4乍一看感觉还不错，可是实际去读一读也没有那么有趣。

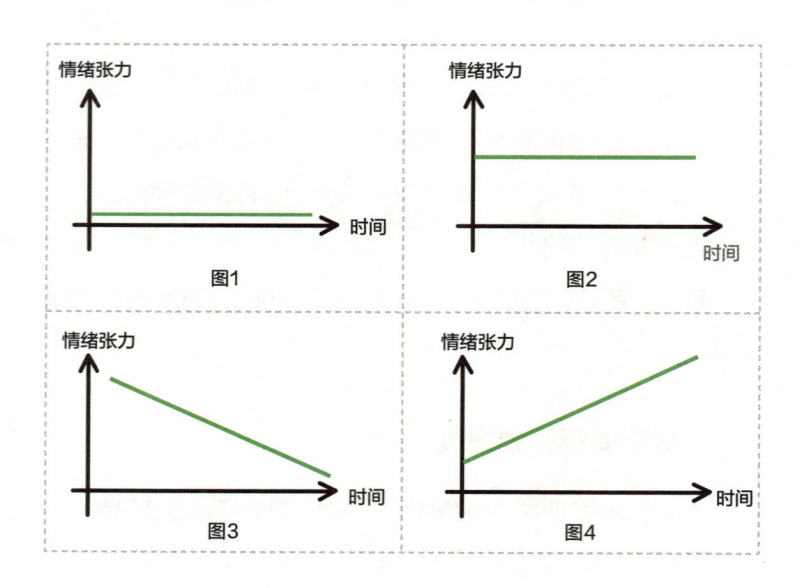

为什么会这样呢？

因为图4的故事过于平淡无奇了，没有任何意外发生。所谓的意外，就是指那些可以勾起读者"这之后会怎么样？""想马上看下一集！"这种好奇心的内容。

遇到命中注定的人后坠入爱河，可对方却不幸患上了不治之症。

历尽千辛万苦终于找到了杀人犯，可此人偏偏是一国首相，这可如何是好呢？诸如此类的并非总是按照一条主线展开的故事显然更加有趣。

正因如此，我在课堂上推荐学生采用图5的模式。

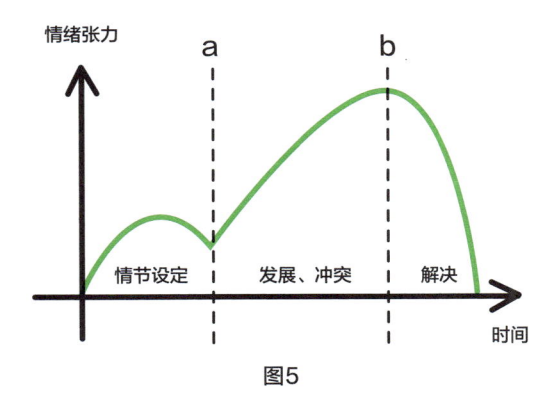

图5

原本素材是来自好莱坞电影的三幕结构，由于它非常容易上手，可以应用到各种故事中，所以请大家尽量掌握并做到学以致用。

图5中的那个a是第一个线索。在这个部分适合安排一个事件。安排能够激发读者好奇心，能勾起他们"我想看"的欲望的事件吧。

如果是制造恐慌的内容，就在这里传递一种凶杀氛围；如果是疑难杂症类，就在这里暴出不治之症；如果是爱情喜剧，那就在此来一场邂逅；如果是侦探小说，那么这里就安排第一起谋杀案，这样讲是不是就容易懂了呢。

关于在a处安排第一个事件的相关内容，后面我会单独设一个章节，更详细地说明这个问题。

b是故事的高潮部分。无论是悲伤还是兴奋，只要能在此一下子推向高潮，那么，基本就可以让读者产生满足感了。而a和b中间部分的内容，说这部分就是为了这个高潮而写的预热部分其实也毫不为过。

在本书中，从开始阅读到第一个事件为止的部分称为"情节设定"，中间部分称为"发展、冲突"，从b到最后的部分称为"解决"，接下来就对这些部分进行讲解。

情节设定

现在开始结合你的故事结构和图5,编排一下故事的发展脉络吧。

为了便于理解,我就用本章开头介绍的故事结构为例,给大家说明一下吧。

结构A

主人公何时……在中世纪左右?

何地……在一个奇幻的世界里

与谁……与盟友的怪物们一起

如何……用魔法

事件……击败敌人

为何(动机)……为了和心爱的人一起拯救世界

大家在写作的初学阶段要养成先做好情节设定的习惯,也就是说在故事的开头部分就应该将"何时""何地""何人(=主人公)"这些内容明确下来。

读者是希望尽早地将感情融入故事里的。但是,如果读者不知道故事的发生年代、背景以及主人公是怎样的一个人,那么很难沉浸在故事的世界中。轻小说、娱乐类的故事更是如此。

故事结构如同接下来你要写的故事的设计图。哪怕文章有些生硬或者拙劣也没关系。不管怎样都要记住，在故事的开头一定要明确"何时""何地""何人"。

将结构A的"何时""何地""何人"等信息填入图5得到图6。

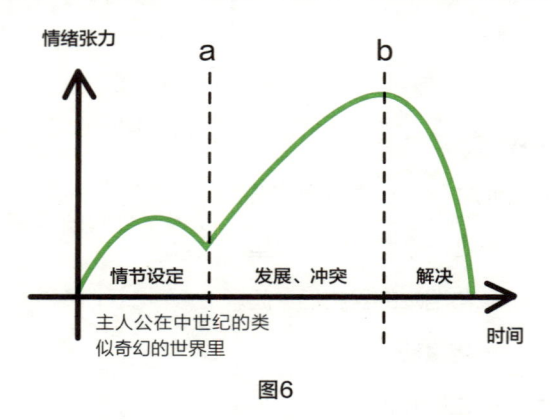

```
情绪张力
        a           b
        |           |
   情节设定  发展、冲突   解决
                              时间
主人公在中世纪的类
似奇幻的世界里
```

图6

"发展、冲突"的部分，我们暂且放在后面，先来填充一下b的高潮部分。

故事的高潮

在高潮部分，就会发生你在故事结构栏里所写的事件。在结构A中：

事件是……击败敌人

050

事件是与谁,又是如何发生的都已经写在结构里了。

与谁……与盟友的怪物们一起

如何……用魔法

请试着将这些内容填写到图6里看看吧。填写后会变成图7。

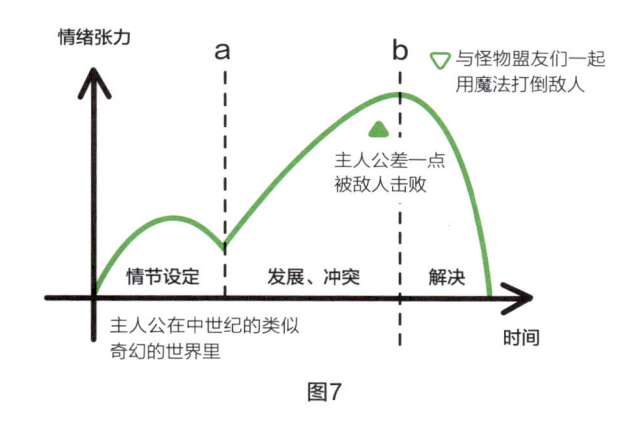

图7 情绪张力图:
- a、b 两个虚线位置
- ▽ 与怪物盟友们一起用魔法打倒敌人
- ▲ 主人公差一点被敌人击败
- 情节设定:主人公在中世纪的类似奇幻的世界里
- 发展、冲突
- 解决
- 横轴:时间

图7

在这里有一个问题。正如之前所述,绿色的曲线是表示读者情绪的。我们作为故事的创作者,希望能在▽处的高潮部分,最大限度地调动读者的情绪。

那么想要在▽处让读者情绪高昂起来,创作者在▲处,也就是在高潮部分之前需要做些什么呢?

在看答案之前,请先思考一下。为了能让读者的情绪在高潮

051

部分高涨，我们作为创作者应该如何下功夫呢。

……怎么样，有答案了吗？

下面我们公布答案。

在▲处，我们要做的是与高潮相反的事情，请大家记住。

如果高潮处是"击败敌人"，那么此处就是"险些被敌人击败"。如果高潮处是"有情人终成眷属"，那么此处就是"差点与恋人痛苦离别/差点分道扬镳"。

如果高潮处是"付出终于获得回报"，那么此处就是"努力付出成为泡影/竹篮打水一场空"。如果高潮处是"病终于治好了"，那么此处就是"无法治愈/命悬一线"……

也就是说，主人公在此陷入绝境，在作品的此处设计一个最大的危机。

毫不夸张地说，几乎所有娱乐作品的高潮部分都使用了这种手法。

如果是故事结构A那样的战斗题材或体育类题材的作品，在高潮部分碰到的对手就是终极大boss。遇到史上最难对付的强悍的对手，陷入苦战。

如果是恋爱题材的，就要让双方的误会越来越深，达到不可恢复的地步，迎来决定性的分手危机，或者其中一方因某种原因决定放弃这段恋情，等等。

如果是杀人病毒蔓延的恐慌类题材，就要让各种的预防手段、封控策略全都失败，从而陷入恐慌（暴发性感染）一触即发的局面。

而如果是那种在高潮处发生悲惨事件的悲剧结尾的故事，就在那之前设计一个极度的幸运/幸福的事件。

如果是相爱的人最终分道扬镳的悲情故事，那么就在高潮到来之前设计成两人最甜蜜的约会场景。

如果是全世界被毁灭的灾难类题材，那就设计出主人公发现了"说不定能避免毁灭"这一瞬间的希望。

通过这种方式创作故事，创作者可以调动读者的情绪，同时也可以让读者对此后的事件＝高潮部分抱有期待和好奇心。

高潮前的危机（或是幸福）越突出，读者的期待和紧张感就越高；相反，越平淡，读者的阅读热情就会越低。

故事结构A的情况，其期待值可能就是"主人公能打倒敌人吗？"，恋爱题材的情况可能就是"主人公的恋情发展是否顺利呢？"，恐慌类题材的情况可能就是"主人公能否在关键时刻阻止杀人病毒的蔓延呢？"。

本书效仿好莱坞，将读者的此类提问内容称为Central

question（以下简称CQ）。

通常，CQ是你在情节中所写事件的疑问型。

例 事件……主人公打倒敌人

CQ……主人公能打倒敌人吗？

针对CQ的回答如果是"YES"，那么这个故事常会迎来一个好的结局。

如果是"NO"的话，那么将是一个很遗憾的结局。高潮同时也是向读者展示CQ答案的部分。

图8是将所有项目都填写进去后的图表。绿色字体就是CQ和答案。

怎么样，比起写出来的文章，通过图示是不是更容易看清整体结构呢？

"不好意思，我能问一个问题吗？"

请讲。

"在高潮处会发生写在故事结构栏里的事件，是吧？"

是的。

"我在故事结构栏里写的是'平凡度日'，如果高潮部分仍然是'平凡度日'的话，是不是有些怪怪的？"

的确是这样。从高潮＝读者情绪最高涨的点来看，当然会有

CQ…主人公能打倒敌人吗?
→YES

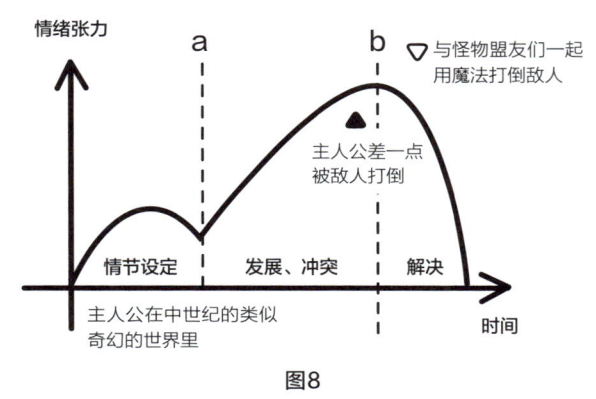

情绪张力 ↑

a

b ▽ 与怪物盟友们一起用魔法打倒敌人

▲ 主人公差一点被敌人打倒

情节设定　发展、冲突　解决

主人公在中世纪的类似奇幻的世界里

时间 →

图8

"平凡度日"怎么能让情绪高涨这样的疑问。

那么，在此我想问你几个问题。你故事里的主人公，平时是怎样度过一天的呢？

"也没什么特殊的事情啊……就是很普通。"

很普通，具体是怎样的呢？

"嗯，就是，平日和往常一样去学校，放学后，时不时去打工，这样的感觉。"

好吧，能把你写的结构给我看一下吗？

"当然可以。"

结构B

主人公，何时……当代

何地……日本

与谁……与朋友

如何……治愈系滑稽类的感觉？

事件……平凡度日

为何？（动机）……？

原来如此。从写作思路来看，你是想写类似于《爱心动物医生》和《四叶妹妹！》这样的故事，对吧？

"是的。"

明白了。那么，我们现在来谈谈日常生活吧。如果你对日常生活不感兴趣，可以跳转到第58页阅读并思考发展和冲突的部分。

对于"平凡度日"的看法

有一些作品的情节里既没有激烈的斗争，也没有轰轰烈烈的爱情，仅凭日常生活故事就能让读者开心。

在这里想提醒大家的是，所谓的"平凡度日"并不等于"每天什么事情都不发生"。

请大家看一下下面的故事。

主人公是一位初中的男生。他早上起床后刷牙、洗脸、吃早饭然后去学校。基本上平日在学校上课到下午3点半，放学就直接回家。到家后，总是玩一会儿游戏、读一些漫画，然后在晚上7点到8点之间吃晚饭。吃完晚饭，有时看看电视，有时玩玩游戏，到晚上12点就上床睡觉。第二天，他又洗完脸去上学了……

如果是这样的故事，你有读的欲望吗？没有吧。无论是多么平凡的日子，如果没有任何起伏，读者就会觉得很枯燥。如果主人公是学生，那么你可以写主人公与朋友或家人吵架，然后又和好，或者喜欢上异性朋友等事件。

平凡的日常生活，其实就是由这些小故事积累而成的。关于小插曲的定义在Lesson 1中提到过。还记得吗？

对，虽然场景和事件是配套的，但不是主线的小故事称为小插曲。

如果写平凡度日类的故事，就需要准备一些和主人公有关的小插曲。

各种小插曲中应包含"坠入爱河""吵架""和解"等事件。从这些小插曲中选出印象最深刻的片段，放在接近尾声的部分，那么即使是日常生活中的小片段,也能够制造出高潮。

关于选择小插曲的方法,我们在后面追加小插曲的部分有介绍,可供参考。

那么,接下来就填充图8的中心部分,即"发展、冲突"吧。

故事的发展、冲突部分的构思

发展、冲突会占整个故事的一大部分。毫不夸张地说,故事是否精彩就取决于这个部分。

电视剧《水户黄门》中,每到高潮处就会有持印笼[①]的人登场,而且黄门氏这一方一定会取胜。即便如此,还是忍不住想看,那是因为每次看到的过程都充满着各种各样的趣味。

爱情喜剧电影也是如此。观众们在看电影之前,就预料到了两个主演一定会有惊无险。

可即便如此还是会看,那是因为他们非常享受其过程。

假如在故事的开头,就发生了复杂而离奇的连续杀人事件。不久后侦探便登场了,并且很快就将迷雾解开,最终抓到了犯人,如果是这种编排,读者就没有机会享受精彩的过程了。

---

① 印笼:武士随身携带的装饰品,里面可放药片。——编者注

因此,你要尽力精心设计,努力创新出精彩绝伦的发展与冲突的内容。

……

我这么说,是不是有点为难初来乍到的写作新手了呢(笑)。不过请放心,哪怕是专业的作家,想要把这部分写得精彩有趣都是相当不容易的。

虽然不容易,但仍会存在一些创作的契机与灵感。请再次看一下你的故事结构吧。

故事结构A

主人公,何时……大约在中世纪?

何地……在类似于奇幻的世界里

与谁……与盟友的怪物们在一起

如何……用魔法

事件……击败敌人

为何?(动机)……为了和心爱的人一起拯救世界

正如前面所述,如果故事的高潮部分出现得过早,读者就没有时间享受那个过程。

在推理小说中,如果很轻松地就找到犯罪的真相,那么就失去了故事的趣味性，结构A的情况，从主人公登场到高潮部分与终极boss决战的过程如果过于简单，那就没意思了。

那么，为了不让主人公与终极boss的对决来得过于简单，作者应该如何做呢？有谁想出来了吗？

"把终极boss的所在地设置在较远的地方。"

"把终极boss的所在地设置在很难攻坚的地方。"

"除了终极boss，还有很多敌人出现。"

很好，还有其他的看法吗？

"知道终极boss所在的地方，但是没有方法到达那个地方。"

"根本不知道终极boss在哪里。"

"不知道终极boss是谁。"

"啊，我想到了一个好主意！"

好，快说说看。

"知道了终极boss是谁，也能够找到他的藏身地，但主人公就不想打倒这个终极boss！"

"比如说终极boss其实是主人公喜欢的人。"

"对、对！或者终极boss是他的父亲之类的（笑）。"

好的，足够了。还有其他很多的想法就不一一列出来了，否则看这本书的读者就该没有想象的快乐了。先写这么多吧。

是的，为了不让主人公轻松走到故事的高潮阶段，在到达高潮的道路上设置障碍就可以了。克服一道又一道障碍的过程，就是故事的发展、冲突的部分。

以"成功指标"为基础制造障碍

为了想象出各种障碍，最容易理解的就是前面所举的"让事件＝高潮难以发生/关山阻隔"的方法。

另外，还可以从主人公的动机出发制造出障碍。

在故事结构A中设定的主人公的动机是：

为了和心爱的人一起拯救世界。

为此动机制造出障碍的话，设计类似于主人公为救心爱的人受艰难险阻、不让主人公轻易拯救世界的状况就可以了。那么，怎样才能让救回心爱的人和拯救世界变得困难呢。谁有好的想法吗？

"……"

"……"

咦，这回怎么都不活跃了呢？

"怎么说呢，首先，如果不知道要从何处救回，不知道怎样才算成功救出的话，是无法想象的。"

是的，你说的没错。在故事结构A处并没有明确这个内容。也就是说还没有设定故事情节。

因此，在本节课中，我们来讲成功指标。

所谓成功指标，用一句话来讲就是：当主人公满足怎样的条件才算达成目标？

在此，至关重要的就是这个达成的条件必须要具体。

比如，"主人公打倒敌人"这句话，听起来似乎很具体，可实际上，具体是采取了怎样的行动打倒的，并不是很清楚。

下面我们举一个例子。

"弗罗多等人推翻冥王"，如果只看这句话，我们很难看出弗罗多等人到底会采取怎样的行动。

但是，如果说"弗罗多将'一枚指环'扔进末日火山，推翻了冥王索伦"，采取的行动是不是显得更具体了呢？

"主人公阻止了杀人病毒"，这句话并没有明确是如何阻止病毒的。

但是，如果说"在潜伏期间主人公给所有患者接种了疫苗，从而阻止了杀人病毒的传播"，采用这种写法，阻止的手段就更加明了了。

"男主和女主的恋爱很顺利"，如果这样写，就很难了解怎样才算是顺利的。

而换成"男主向女主求婚，并得到了女主的同意"，这样就清楚男主应该采取怎样的行动了。

"将'一枚指环'扔进末日火山。"

"在规定的时间内给所有的患者接种疫苗。"

"求婚成功获得同意。"

在本书中，将这些具体的行动称为成功指标。

接下来，请你再看一下你的故事结构。

故事结构A

主人公，何时……大约在中世纪

何地……在类似于奇幻的世界里

与谁……与盟友的怪物们

如何……用魔法

事件……打倒敌人

为何？（动机）……为了和所爱的人一起拯救世界

基于此结构，再添加新的成功指标。成功指标要同时考虑事件与动机。

故事结构A

主人公，何时……大约在中世纪

何地……在类似于奇幻的世界里

与谁……与盟友的怪物们

如何……用魔法

事件……打倒敌人

（成功指标……先在敌人的身上贴上符咒将其石化，再击碎石化的敌人）

为何？（动机）……为了和心爱的人一起拯救世界

（成功指标①：因敌人逼迫主人公交出心爱的人做活祭品，于是决定打倒敌人＝将其石化并击碎，从而再也不用担心本人用于祭祀了）

（成功指标②：如果不除掉这个敌人，不仅会牺牲主人公的整个村子，甚至全世界的人都会成为祭祀的牺牲品，所以要打倒敌人＝将其石化并击碎，从而成功躲避危机）

——怎么样了。你写出成功指标了吗？

在故事结构A中，非常巧合，事件与动机的成功指标都是"打倒敌人＝将其石化"。但是，不是说在你的故事结构里，非得把这两者融为一体。

比如写一个体育精神类的故事时：

事件……出战夏日甲子园取胜

为何？（动机）……为了一雪前耻

于是，就想到了这样的情节。那么"在夏季的甲子园取胜"这一事件，已经具体到可以直接成为成功指标了。

而"为了一雪前耻"这一动机是不是仅仅在夏季的甲子园赢得胜利就能称得上是一雪前耻了呢。说得再极端一点，假设主人公是候补队员，一直到最后都没能出场。那么，在这种状态下自己的队伍获胜，算得上是一雪前耻吗？算不上，是吧。如果主人公是个投手，那么在关键的决定性时刻让对方的击球手三振出局；或者对手也是个投手，在关键的决胜时刻自己零失分在比赛中获胜等，需要一些具体的指标。

如果继续这样思考下去，还能想到自己虽然被对手打败了，但自己的队伍却赢得了这场比赛，让主人公尝到了痛苦的滋味……像这种非常规的结局。通过思考成功指标，还能帮助写作者拓展写作思路。

在故事结构A中，因为主人公所爱的人被选为活祭品，所以，故事的进展就是主人公为了避免这种悲剧发生而打倒敌人。那么，是不是可以设计成所爱的人没有被选为活祭品呢？不管怎么说，敌人是要把全世界的人都吞噬掉的怪物。与其突然开战，不如先营救活祭品，这样是不是更加自然一些呢。

如果你是主人公，你会怎么做呢？

"我可能会带着活祭品一起逃跑吧？"

"自己去替代她成为活祭品？"

"大家一起藏到某个地方……"

是的。当人们遇到困难的时候，不会一下子处理难度很高的事情。一般都会从最容易做到的事情开始着手。所以，让主人公也采取这种行动吧。

然后在此基础上，再逐一破坏主人公的撤退之路。

结构A的情况

主人公本来想带着活祭品逃跑，却被人察觉后抓了回来；或者是带着所有人找一个地方躲起来了，可是有一个背叛者把藏身之所透露给了敌人等。

就像这样，从动机倒推制造出障碍，并描写与敌人对抗及失败的场景，这样就会形成故事的发展与冲突了。

在图8中填充事件的成功指标和发展、冲突的部分之后，就会变为图9。

```
CQ…主人公能成功打倒敌人吗？ →YES
成功指标…把咒符贴到敌人身上让其石化，并将其击碎
```

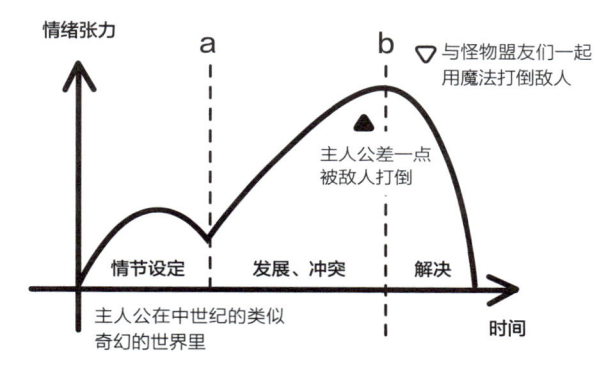

情绪张力 ↑

a ┆　　　　b ▽ 与怪物盟友们一起
　　　　　　　用魔法打倒敌人

▲
主人公差一点
被敌人打倒

情节设定　发展、冲突　解决 → 时间

主人公在中世纪的类似
奇幻的世界里

- 想把心爱的人从活祭品中拯救出来，却困难重重
- 想要去敌人所在地，却迟迟到不了

图9

绿色的文字是这次填充的部分。

怎么样，现在再看看你的结构框架是不是清楚多了呢？

如果是创作短篇或中篇作品，这些素材已经足够了，编写发展、冲突的部分应该是没有问题的。

但是，如果是300页到400页的长篇作品，仅凭这些内容可能就会显得单调乏味了。

这时，正是小插曲登场的时机。

067

追加小插曲

请拿出最开始写的"自己喜欢的作品列表"。这里列出来的应该都是你所喜欢的小插曲。请试着从中找出几个能用于本次故事结构的素材吧。

在这个阶段,暂时还没有必要考虑得太深。

"如果发生这种事应该很有意思。"

"这个小插曲应该让人很兴奋。"

就像这样轻松地想象一下,再把想法写到图里吧。

我从中选出了"认为是最好的伙伴的那个人却在最后关头背叛了自己""笨手笨脚的父亲为了儿子(女儿)拼尽了全力"这两个小插曲。

需要追加的小插曲的数量,要根据你所要写的故事的长短而定,但刚开始写的时候建议不要太贪哦。这次先用两三个就好。

如果你认为"我写的是短篇,所以不想追加""目前没有特别想追加的小插曲",那么不追加也是完全没有问题的。

图10的下面用绿色字写的部分就是小插曲。

CQ…主人公能成功打倒敌人吗？→YES
成功指标…把咒符贴到敌人身上让其石化，并将其击碎

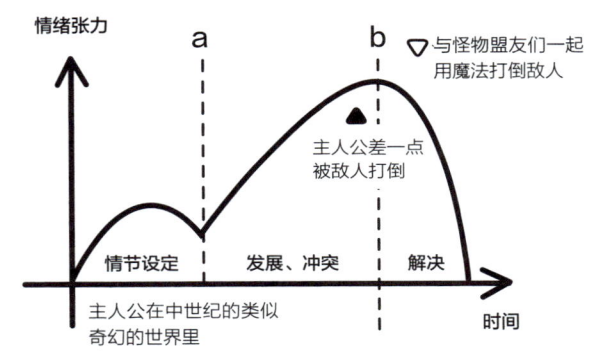

情绪张力

a

b ▽ 与怪物盟友们一起
用魔法打倒敌人

▲
主人公差一点
被敌人打倒

情节设定　发展、冲突　解决

时间

主人公在中世纪的类似
奇幻的世界里

- 想把心爱的人从活祭品中拯救出来，却困难重重
- 想要去敌人所在的地方，却迟迟到不了
- 自认为是最好的伙伴的那个人却在最后关头背叛了自己
- 笨手笨脚的父亲为了儿子（女儿）拼尽了全力

图10

以上，我们已经完成了图中的情节设定、发展和冲突、b的高潮以及之前的事件部分。剩下的就是a处发生的事件和最后解决的部分了。

最初的事件

虽然此处写的是"事件"，但不代表必须写杀人这种犯罪事件。

如果读者对即将开始的故事感兴趣，那么无论多小的事都可以。

　　但是，最初的事件必须要与高潮的事件有所关联才可以。

　　如果讲述的是进入了棒球部的主人公到最后在甲子园出场的体育精神类的故事，那么，就把主人公决定加入棒球部的原因，或者是主人公因某个契机决定"无论如何都要去甲子园"之类的事件加进来。

　　如果讲述的是解决奇异杀人事件的故事，那么，就在此处安排第一起杀人事件。如果讲述的是兄弟情谊或恋爱类的故事，那么，就安排主人公与对方在此发生难忘的邂逅。

　　如果讲述的是对抗或者是体育精神类的故事，那么，就在此安排主人公遇到强敌。可以在此碰上终极boss，但不能直接对决，否则不论是输还是赢，故事就都结束了。所以，这种相遇往往是间接的。比如说，第一次听到轰动世界的魔王的传闻、目睹被魔王袭击过的村庄，或者幼小的时候村子被魔王袭击，而自己是幸存者的小插曲，这些都是描写主人公与终极boss第一次接触的内容。主人公只是一个平凡的高中生，偶然结识了被寄予希望的已经是顶尖的明星选手（后来的竞争对手），这样的设定也可以说是与终极对手的第一次接触吧。

"对手"并不是人的情况，比如说，探寻自己根源的贵种流离谭，登上那个世界成功之巅的故事等，就会在最初的事件中提示主人公的动机或者要达到的目标。比如突然有一天发现自己的父母其实不是亲生父母，而是自己的养父母；为了从欠债的地狱里逃脱出来，决定无论如何都要参加有奖问答游戏节目，获取巨额奖金；等等。

再来看一下你在故事结构中写的事件动机和各自的成功指标吧。

（成功指标……在敌人的身上贴上咒符将其石化，并将其击碎）

为何？（动机）……为了和所爱的人一起拯救世界

（成功指标①：敌人逼迫主人公交出心爱的人来祭祀，于是打倒敌人＝将其石化并击碎，从而再也不用担心本人用于祭祀了）

（成功指标②：如果不除掉这个敌人，不仅会牺牲主人公的整个村子，甚至全世界的人都会成为祭祀的牺牲品，所以要打倒敌人＝将其石化并击碎，从而成功躲避危机）

如果以此为例的话，最初的事件应该描写与终极 boss 的初次相遇，或者描写主人公的动机。通过将这两个事件都作为插曲加进来，故事的说服力就会增强，节奏感也会更佳。

在终极boss的袭击之下，没想到自己心爱的人被选为活祭品。主人公无论如何都要救下自己心爱的人，于是下定决心——就把到此为止的过程整理成一个插曲展示给读者。

如果能把终极boss的残暴性以及被选为活祭品的人悲惨的下场展示给读者，就能给读者设下"这之后将会怎样"的悬念。可以将最终敌人的真面目隐藏起来，看似一片平和的村庄，不知为何有着供奉祭祀品的风俗习惯。作为活祭品走出村子的人没有一人回得来……如果以这种方式写的话，就能够设下"为什么会发生这样的事情？"这样的谜＝营造神秘感。

悬疑和推理在故事的创作中起着非常重要的作用。关于这两种写作手法，会在后面的章节中详细说明。

到这里，最初事件的内容就定下来了。将这些内容都填充到图中吧。

填充之后就会变成图11。用绿色追加的内容就是最初的事件了。

这样的话，剩下的就只有解决的部分了。

一直阅读到这里的读者朋友们，大家辛苦了。还差一点故事结构就要完成了，还剩下最后一个部分，大家加油哦。

CQ…主人公能成功打倒敌人吗？ →YES
成功指标…把咒符贴到敌人身上让其石化，并将其击碎

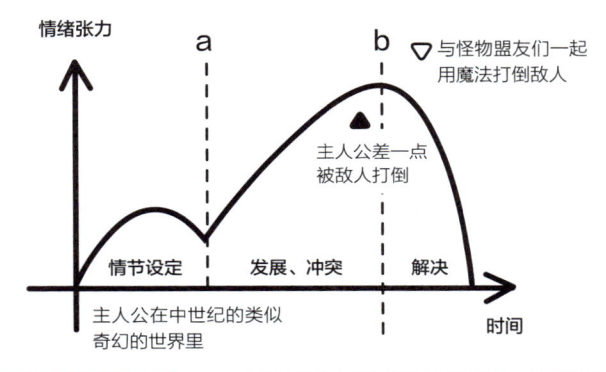

情绪张力

a　　　　b　▽ 与怪物盟友们一起
　　　　　　　用魔法打倒敌人

▲
主人公差一点
被敌人打倒

情节设定　发展、冲突　解决

时间

主人公在中世纪的类似
奇幻的世界里

```
敌人袭击。
所爱的人被选为活祭品，
主人公决意无论如何都要
救出她
```

- 想把心爱的人从活祭品中拯救出来，却困难重重
- 想要去敌人所在的地方，却迟迟到不了
- 认为是最好的伙伴的那个人却在最后关头背叛了自己
- 笨手笨脚的父亲为了儿子（女儿）拼尽了全力

图11

解决的部分

读者与主人公一起旅行，一起努力，一起为悲伤的恋情深感心痛——这样的时间也快接近尾声了。

"主人公能打倒敌人吗？"

"主人公的努力能得到回报吗？"

"主人公与他心爱的人能终成眷属吗？"

其实，对于这些疑问（CQ）的回答已经在高潮部分出现了。换种说法的话，就是读者的期待和好奇心，以及"想知道后续发展"的最大动机已然消失了。剩下的就是与读者告别，给故事画个句号。

我认为用一句话概括解决部分的作用，那就是给读者补充说明。

主人公在历经千辛万苦之后，终于取得了自己梦寐以求的甲子园的胜利。通过向读者展现主人公满心喜悦的笑容，让读者一起享受"心满意足"的喜悦。

历经千辛万苦的有情人终成眷属，通过向读者展现一幕他们日后的生活，可以让读者品味到"可喜可贺"的余欢。通过展现在冒生命危险与犯人搏斗后的刑警踏上回家之路的场景，也能让读者和他松一口气。

也就是说，当出现CQ的回答之后，主人公怎样了？简略地将后续的部分透露给大家——点到为止哦。

如果是情节A的话，CQ就是"主人公能打倒敌人吗？"但是这里最直接的契机是主人公喜欢的人被敌人选为活祭品，主人公想要救她。所以考虑到为读者做好补充，理应在此展示一下主人公与他所爱的人"在此之后的一幕场景"。

一般来讲，如果是圆满的结局，那么解决部分就没必要弄得很长。收回未解决的伏笔，在满足了读者的好奇心之后，就画上句号吧。

　　而悲剧结尾的解决部分有些是需要稍长一些的。

　　比如说，有关疑难杂症类的，再比如说与心爱的人经历生离、死别的故事。在高潮部分迎来悲伤离别后，考虑到安慰读者的情绪，这种结尾往往比圆满解决的故事内容更长一些。

　　当然，即使结局是悲剧的故事，也存在一些几乎不做任何补充说明的。比如，恐怖离奇的连环杀人犯被捕了，主人公这下终于可以放心了。可是在他身后，那个一直协助他搜查追捕犯人的亲友却露出一丝鬼魅般的笑容，不慌不忙地举起了剪刀……这样的结尾就属于这一类型。

　　现在，故事的整个过程就完成了。在下一页，我们总结一下本章的内容，关于故事情节的讲解到此就告一段落了。

小结

▽
发展、冲突的部分

主人公试图引发某种事件,但受种种阻挠

[例]主人公想要隔离研究所,可是病毒已经蔓延到外部了

阻挠是可以从主人公的动机和成功指标中推导出来的

[例]成功指标……在3日之内给患者接种疫苗←将条件具体化!

阻挠……想要到达有疫苗的地方,单程需要3天以上的时间

[例]动机……想要挽救被病毒感染的女儿

阻挠……分居中的妻子怀疑主人公,不把女儿交给主人公

如果是长篇作品,可以追加更多的小插曲

[例]以病毒蔓延为契机,主人公与分居中的妻子最终破镜重圆

▼
在高潮之前

设计一个与高潮部分恰好相反的事件,让读者高度紧张起来

[例]病毒突然变异,拿到手的疫苗完全不起作用

读者在此对CQ会有明确的意识

［例］主人公到底能不能阻止这个杀人病毒的迅速蔓延呢？

▽

高潮

主人公制造事件

［例］在主人公女儿的体内发现了对抗病毒的抗体，于是可以开发新药了

读者在此得到了CQ的答案

（CQ的答案如果是YES的话就是圆满结尾，如果是NO的话就是悲剧结尾←也有例外）

［例］主人公感染上了这个杀人病毒，他能阻止病毒的暴发吗？→YES

▼

解决的部分

安慰读者的情绪

［例］看到了主人公与恢复健康的女儿、重修旧好的妻子过上了幸福生活的画面

故事结构的创建例子

[例]主人公，何时……现代

何地……在东京近郊的生化研究所

与谁……与研究所的上司和部下们

如何……开发新药

事件……防止杀人病毒感染的暴发

为何？（动机）……想要挽救被病毒感染的女儿

故事情节的设定

向读者呈现出

何时（＝时代）、何地（＝舞台）、与谁（＝主人公）

[例]现代。在东京近郊的生化研究所研究病毒的主人公。

主人公非常有才，而且是一个工作狂，与妻子和女儿分居生活。

▼

最初的事件

制造与高潮有关联的事件

勾起读者的好奇心

[例]由于主人公下属的一个失误，致死率100%的杀人病毒

从研究所泄漏

读者在此对故事的核心问题有了模糊的认识

[例] 主人公能对付这个杀人病毒吗？

# Lesson 3

塑造角色

我们在Lesson 1和Lesson 2中讲解了搭建故事框架和构建故事主线的方法。

从Lesson 3开始，我们就来讲故事中登场的各种人物及形象。

麻烦越多，故事越有意思

在我们生活的现实世界里，平安无事是重中之重。我们不希望发生天崩地裂、战乱、与相爱的人争吵之类的事情。

可是，在故事的世界里是怎样的呢？

设想一下如果《纳尼亚传奇》中没有邪恶的女巫，白雪公主和她的继母幸福地生活在一起，没有恐怖分子传播致命的病毒，猛烈的飓风和暴风雪巧妙地避开了居住区……

是不是觉得没什么意思呢？

有争执、有麻烦，才会有有趣的故事。

是的，剧情就是因波澜起伏才更加精彩。

如果把Lesson 2中介绍的"情节设定""发展、冲突""解决"这三大结构换一种说法讲就是：

出现麻烦

↓

主人公（们）为了解决这个麻烦经历千辛万苦的过程

↓

解决麻烦（或者是以失败而告终）

但是，娱乐类作品却不同，作品中发生的麻烦越是直接关系到生命危机，登场人物越容易变得没有个性。

这是为什么呢？

需求是分"层次"的

大家知道马斯洛的"需求层次理论"吧？

这是将人的需求分成五个层次的金字塔图形。

需求（欲望）一旦被满足，就会产生更高层次的需求：

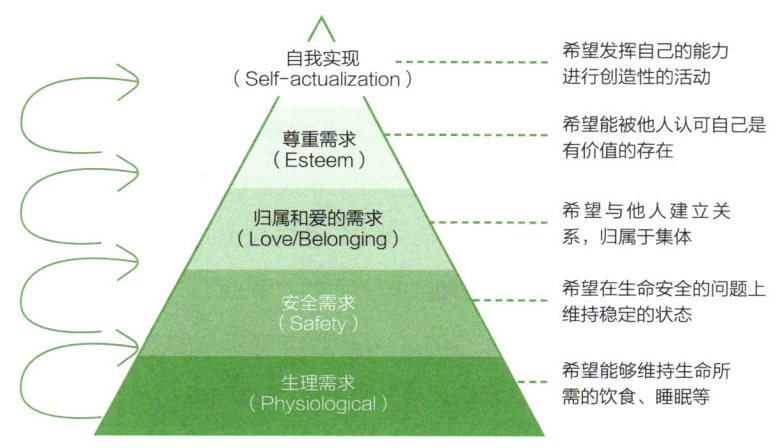

- 自我实现（Self-actualization）——希望发挥自己的能力进行创造性的活动
- 尊重需求（Esteem）——希望能被他人认可自己是有价值的存在
- 归属和爱的需求（Love/Belonging）——希望与他人建立关系，归属于集体
- 安全需求（Safety）——希望在生命安全的问题上维持稳定的状态
- 生理需求（Physiological）——希望能够维持生命所需的饮食、睡眠等

083

下面做一个简单的说明。

金字塔的最底端是生理需求。为了维持生命需要的饮食、睡眠、排泄等,这些是最底端且最原始的需求。

在这些需求得到满足之后,就会出现安全需求。仅仅吃饱一顿并不能说是安全的。还想继续保证今天、明天、后天的饮食需求。希望能够一直生活在遮风避雨的地方,希望能够预防疾病、意外事故发生等这些需求会在这个阶段产生。

如果生理需求和安全需求都得到了充分的满足,接下来就会产生对归属感的需求。仅仅能够安全地生活是不足以满足需求的,还想要归属于家庭、地区、学校和企业等群体,想得到被他人接纳的感觉。

如果这三个需求都得到了满足,接下来就会产生被尊重的需求。仅仅归属于某个集体还是不满足。希望被这个集体认可,被认为是有价值的,得到集体的尊重。开始希望自己被大家关注,得到好名声。希望对自己有信心的想法也包含在这个需求里。

在这四个需求都被满足后,才会产生自我实现的需求。也就是说"希望自己能成为'最棒的自己'"的需求。

在这里,希望大家记住的是,靠近金字塔顶端的欲望更加人性化且复杂,而靠近底部的欲望更加动物化且简单。

简单的需求具有说服力

在写故事的过程中，简单的需求对读者而言是具有很强的说服力的。换句话讲，就是非常容易感同身受。"不想死！""想活下来！"通常每个人都有这种想法。

发生了前所未有的灾难，被称为灾难类型的作品就是通过充分利用这种效果创作出来的。

当我们看到《泰坦尼克号》以及《日本沉没》等作品时，就会不由自主地手里捏把汗，那是因为我们任何人都察觉到了死亡的恐怖，都想逃脱死亡，想活下去！这样的情绪被简单易懂地刻画了出来。

决定个性的三要素

对于在沙漠中拼命找水喝的人，正常是看不出他有什么个性的。从杀人狂魔那里拼命逃生的人也是一样的。能感觉到的只是"不想死！""想活下来！"这样简单而又迫切的需求而已。

但是，如果是在沙漠中终于找到了水，或者是终于甩掉了杀人狂魔的时候，情况会如何呢？

我们先思考一下沙漠找水的例子吧。找水的人可能会先润润喉咙之后说：

"太好了，暂时没有大问题了！"

说完就放心地睡着了。

还可能会：

"趁现在得快点赶路。"

这样想着便继续赶路了。

或者可能会想：

"我怎么会这么惨呢？"

像这样郁闷不已。

还可能会担心"家人现在过得怎么样呢"而忧心忡忡。

是的，会有各种不同的反应。

为什么会出现这些千差万别的反应呢？

"嗯……因为人都有个性，不是吗？"

是的。那么，你们认为这个个性是由什么决定的呢？

"……性格吗？"

嗯，可以这么说。

但是，即使说"个性"或者"性格"，会不会因为概念太笼统而难以理解呢？

通过本书，我想大胆地将人物的个性用以下三点来概括。

- 需求（＝动机）
- 价值观（＝喜好/善恶的判断）
- 能力

需求就是"想要××"这样的一种欲望。因为"想吃蛋糕"，所以去"蛋糕店"。因为"想得到妈妈的表扬"，所以才"努力学习"。就像这些，我们将驱动行为的欲望称为动机。

但是，"想吃蛋糕"的人，不一定都会去"蛋糕店"。有的人会"去华丽的咖啡店吃"，有的人会"亲自做着吃"。就拿去咖啡店的来说，有"自己一个人去的"和"叫上朋友一起去的"。

决定"去蛋糕店买回来"或者"在咖啡店吃"是那个人的喜好。即使同样都是去咖啡店，有的喜欢去"具有浓厚的古色古香气息的咖啡店"，也有的喜欢去"明亮的西雅图风格的咖啡店"，都是因人而异的，而且还会根据当天的心情而有所变化。

假设现在这里有很多"努力学习"的人。即使从表面的行动上看都是在"努力学习"，可实际上其动机却是各不相同的。就像有的人"希望得到妈妈的表扬"，有的人是想"争口气给竞争对手看看"，有的人"想在将来过上安定的生活"，其中应该也有认为"学习本身很快乐"的人吧。

"希望得到妈妈的表扬""想要超越竞争对手""想要过平稳安定的日子"这些动机背后的本质就是"得到妈妈的表扬特别开心（所以喜欢）""想要超越竞争对手，赢的感觉超级爽（所以喜欢）""能过上平稳安定的日子非常安心（所以喜欢）"，这些都是个人的喜好。

世界上有很多做了让人开心，得到让人欣喜的事情，但在其中起到决定性作用的，"这就是第一位！"的，就是人们所称的价值观。

价值观不仅会决定喜好，还会决定善恶。看到有人在自己面前掉眼泪，有的人会认为"看起来真可怜，我要安慰一下"，有的人则会"放任不管"。这不是谁对谁错的问题，而是表明了每个人在不同的价值观的基础上采取了不同的行动。

有些人将这种价值观称为立场和审美意识。

"惩治恶人与自己的立场是相悖的。"

"午饭凑合吃泡面，这种事情我的审美意识是不允许的！"等等。

价值观就是这样，可以大到普遍性的善恶问题，还可以小到家常便饭，存在着各种各样的尺度。

价值观不仅能够带来如"喜欢做××（所以去做）""喜欢

××（所以弄到手）"这种正面的判断，还能带来"讨厌××（所以放弃去做）""就是讨厌××（所以逃避）"这种负面的判断。

对于某些事情，如果做出了负面的判断，那么人们所采取的行动通常可以分为以下几类："对抗""逃跑""什么都不做"。有种应激反应叫战斗或逃跑反应，这种反应在创作故事时是非常值得参考的，所以建议大家记住这个词。

那么，对于"对抗""逃跑""什么都不做"这几个判断有着重大影响的就是那个人所持有的能力。

假设在你面前突然出现一个拿着电锯的杀人魔，你会怎么做？

"啊？！"可能会吓一大跳。

"大脑会变得一片空白。"

"逃跑。"

是的。几乎所有人都会"畏缩（什么都不做）"或者"逃跑"吧。

但是，假设你是一个很有天赋的格斗家呢？或者你有一把机关枪或能立即把对手变成一只青蛙之类的一件魔法道具呢？

"那就先试试道具。"

"对抗到底。"

是的，会是这种结果。

怎么样，从这个例子中我们可以看出，这里所说的能力，不仅是指肉体上和精神上的才能，也可以指巨额的财富、强大的盟友、魔法道具等"外在的""后来的"力量或能力等的任何一种。

到目前为止，我们讲解了关于角色个性的三要素，即需求、价值观、能力。

在创建角色时，一定要把这些要素牢记在心。

接下来我们看一看，为了衬托角色的个性，具体应该做些什么吧。

何谓"有个性的角色"

说一个人：

"那个人真有个性啊！"

"这家伙的性格很突出。"

大家脑中会浮现怎样的人物形象呢？

其实，我们每个人是与他人不同的。每个人都是"有个性的"独立的个体。然而，那些刻意被人评为"有个性"的人，他们究竟哪里有不同呢？

"总之有点显眼。"

"总是做怪异的事情。"

"极端……?"

是的,极端。说得很好。

相比"有一点怪异的人","相当怪异的人"显然更加显眼。比如说,冬天穿紧身衣裤的人很多,是很正常的一件事情,可是如果换成是炎热的夏季,那就显得非常奇怪了。

"即使是有一定难度的手术也能很好地完成的外科医生"和"无论多么难的手术都能绝对做好的天才外科医生","狙击成功率60%的狙击手"和"百发百中的狙击手",哪一个更有个性,是不是一目了然了呢?

塑造角色的时候,就要刻意刻画出这个极端的角色。为什么要这么做呢?

因为这样做是为了突出这个角色,给读者留下深刻的印象。

当我阅览学生的故事结构时,总能看到一种似乎顾虑重重或者说是一种半途而废的角色。

"主人公是一个平凡的高中女生。"

"○○是一个平凡的初中男生。"

"××是随处可见的普通主妇"……

写出这种结构的同学,其配角和反派角色非常富有个性。结果,主人公角色反被其他角色吞没了。

希望大家不要误解，我并不是说普通不好。我想表达的是，如果故事从头到尾始终是平平淡淡的，那么就会使故事枯燥乏味。

如果将主人公设定为"非常普通的人"，还想引起读者的兴趣，那就要下一番功夫了。

接下来，我们举几个例子吧。

①故事刚刚开始的时候，主人公还是一个很普通的少年/少女，可突然有一天卷入大灾难中→陷入生死危急的关头→"不想死！"让读者向这种简单的需求投入感情。

②原本只是一个极其普通的人，突然有一天，他能获取非常了不起的魔法道具，还能变身为正义的英雄→因此徘徊在了生死边缘，如果是这样的话那么就属于模式①。即便达不到这种情节，只要卷入了某些麻烦就能勾起读者的"这之后会怎样"的好奇心。而且，如果因为这个道具或能力让主人公的外表以及价值观发生了巨大的变化，那么，这些都算得上是主人公的个性，甚至其行为也会变得与普通人相去甚远。《死亡笔记》和《变相怪杰》等作品就是这种典型模式。

一个很普通的主人公，谈着很普通的恋爱，被卷入很普通的麻烦中，要想把这些场景写得滑稽可笑，实际上是非常困难的。

我希望大家在初学阶段，多练习创作极端的状况和极端的角色。

极端的状况和极端的角色

关于极端的状况，可以参考前面所讲的内容。在故事的世界里，无论是天崩地裂还是杀人病毒，僵尸群也好，杀人魔也罢，归根结底都是为了当主人公（们）陷入"生命危机"之时"想活下来！"的欲望得以凸显而设置的"圈套"罢了。

因此，大家必须考虑的一点就是"如何设圈套让主人公陷入命悬一线的危机中？"不管是怎样的危机，全凭你发挥。请尽可能发挥你的想象力，想出令人毛骨悚然的危险故事。注意千万不要半途而废，也不要让主人公轻易获救。

接下来我们再谈谈极端角色。

在我的学生中，我发现绝大多数学生一遇到创作瓶颈，就会想出一个长相古怪、言语奇特的角色（特别是操着一口娘娘腔的男性角色）。

这些角色说起来就像是"彩带筒"一样。他们刚出场的时候，场面的确是绚丽多彩，可如果刻画得过于浅薄，就只能作为一个热场，所以在未充分考虑的情况下就让他登场的话，只能渐渐地使其成为故事的障碍，因此要多加注意。

给外表、语言以及举止赋予一定特征的想法本身绝不是一件坏事。但我想说的是，既然是辛辛苦苦才想出来的有明显特征的角色，那么就有必要再深挖一下了，是吧？

好，那我们要深挖哪个部分呢？

就如前面所讲，本书将角色的个性分成以下几点来思考：

- 需求（＝动机）
- 价值观（＝喜好/善恶的判断）
- 能力

仅仅把其中的一个或者多个极端化一下，角色就会很自然地被"凸显"出来。

有一部老作品叫《爸爸的担心症》，这是一部漫画。在这里出场的父亲因为过于担心女儿，一再表现得像个跟踪狂，用各种方法刁难女儿的男朋友，总之是一个荒诞无稽的角色。

由于爱自己的女儿而变得过于担心焦虑，这个设定本身并不算特别少见。但是这位父亲"无论如何都要守护自己的女儿"的需求加剧之后，结果秉持了一种"为了守护女儿什么都肯做"的价值观，因此他成了不同于其他的担心女儿的父亲们的角色。

怎么样？如何塑造有个性的角色，让角色的个性鲜明，是不是已经有了一个大概的了解了呢？

我们从Lesson 4开始，一边实际塑造角色，一边学习如何分开描绘主人公、配角和反派角色吧。

Lesson 4

塑造主人公

主要的配角指的是主人公的对手和帮助者。

在本章，我们学习如何塑造主人公。

决定主人公的角色

正如Lesson 3中所讲的，本书将角色的个性大致分为三个方面来思考。

- 需求（＝动机）
- 价值观（＝喜好/善恶的判断）
- 能力

实际上，这些特征是在写故事的过程中逐渐决定下来的，但在初学阶段，建议养成开始写时就已经决定下来的习惯。需求、价值观、能力，无论哪一个都是左右角色行为非常重要的要素。只要设定好这些要素，你设定的角色就会很稳定且不会出现偏差，作为作者的你自己也会更容易想象出每个角色。

决定需求、价值观、能力并没有特定的顺序。可以尝试各种顺序，探索出最适合自己的一种。

在此，我介绍一下在教室实习的情况，顺便带大家了解主人公是如何塑造出来的。

——好，首先请你决定一下你的主人公的年龄和性别吧。

"大概13岁的少年。"

"13岁左右的少女。"

非常好。接下来请你决定一下主人公的能力。在Lesson 3中我们提及过，这里所指的"能力"不局限于身体和精神力量。可以包括外带的、后天获得的能力或魔法、道具等。请大家认真思考一下。

需要创作灵感的同学，可以参考一下Lesson 1时做过的"喜欢的故事列表"。你或许会从那个列表中获得一些灵感。

……想到了吗？

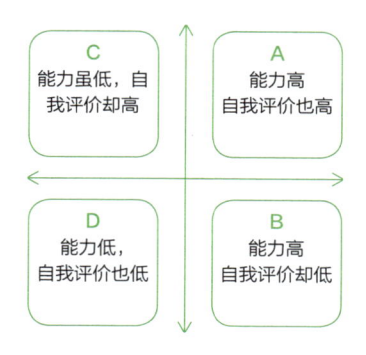

C 能力虽低，自我评价却高	A 能力高 自我评价也高
D 能力低，自我评价也低	B 能力高 自我评价却低

"有预知未来的能力。"（13岁的少年）

"能歌善舞的天才少女。"（10岁的少女）

很好。就照这个写吧。

接下来就主人公的能力做一个更详细的描述吧。就是现在决定能力的高低，以及对此能力的自我评价。请看上页的矩阵图。

图的右上A象限，客观地看，主人公的能力很高，对这个能力的自我评价也很高。

这属于"自己认为自己打架很厉害"，在打架方面一次都没有输过的情况。

右下的B象限属于主人公的能力很高，可本人并没有意识到，认为自己的力量微不足道而过低评价的状态。

左上的C象限属于客观地看主人公的能力其实很微不足道，但本人却认为"自己很了不起""自己的力量是不可小视的"，处于这种过高的评价状态。

左下的D象限是属于客观地认为自己不行，且主观上也认为"自己没出息"的有自知之明的状态。

你塑造的主人公属于A~D象限中的哪一个呢？

注意！在这里所说的"主人公的自我评价"仅限于之前所决定的能力的评价。

比如，能歌善舞的天才女主人公是一个非常漂亮的少女。她虽然也认为自己是一个美少女，却对自己唱歌跳舞的才能完全没有察觉，这个女主角就属于B象限的"能力虽然很高，自我评价却很低"的状态

……你决定好了吗？

那么，我们就来看看大家是怎么设定的吧。请在（　　）内填写年龄。

少年（13岁）"有预知未来的能力"　自我评价＝B

少女（10岁）"能歌善舞，简直就是天才级别"　自我评价＝B

你们两个设定的都是"B"。也就是说他们虽然有能力，但都属于自我评价很低的主人公是吧？

"是的。我觉得这样可能更有意思，或者说让人更加兴奋不已……"

"随着故事的进展，主人公的能力得以凸显，感觉这样会更好。"

是的。B类型的主人公的确很受欢迎。尤其是在面向年轻人的娱乐类作品中，这种类型的主人公的登场率是非常高的。

能力和自我评价可以改变角色

既然讲到这里了,那么就顺便把其他类型的主人公也讲解一下吧。

首先是A类型。能力高,自我评价也高的主人公可以说是超人类型了。

骷髅13、夏洛克·福尔摩斯以及怪医黑杰克等角色都很清楚自己的能力,并且在能够活用自己能力的领域里工作。在电视、电影中,诸如天才律师、天才检察官这样设定为天才××的角色不胜枚举。

围绕着他们展开的故事,就会非常顺理成章地进入"根据主人公的技能和职业,会面临有难度的请求和任务/或发生事件"→"解决困难的过程"→"完成请求或任务/解决事件"这样一个流程。

如果你想写这个类型的故事,那就好好记住以下这三点。

①主人公的能力

②可以发挥这种能力的职业以及环境

③即便有这样的能力,仍然有难以解决的困难事件或者请求

与主人公长年作对的竞争对手、敌人角色等,也会为这类故事锦上添花。

关于主人公的对手或敌人的角色，会在后面的反派人物部分进行详细的解说。

至于B类型的主人公，我会结合同学们的作品逐一说明，接下来我们先了解一下C类型的主人公。

C类型，也就是尽管能力低，自我评价却高的主人公，通常是"妄自尊大"、"自我感觉良好"或者"对不公平待遇义愤填膺"的人。

青春期的年轻人或多或少都有这种特征。为"自己本应得到比现在更高的评价"而愤慨，认为"没有人理解'真正的我'"而感到苦恼，梦想"总有一天一定会有人来发现我的才能/认识到自己出众的才能"，诸如此类的年轻人的形象，在YA（= Young adult）作品中很常见。

当然，有这种性格特征的也不仅仅是年轻人了。

比如，有一个没落的冠军（或者是社长，抑或是国王）。虽然他的时代已经落幕，现在站在巅峰的已经另有其人，可是，他就是顽固不化地矢口否认，并始终主张"自己才是冠军"绝不退让等，就属于这类型的人了。

C类型主人公的故事，可以根据以下三点为后续的故事发展添加各种变化：

①主人公是否在意外界的评价

②主人公能否对自己的能力进行客观的评价

③主人公是否努力地改变自己

如果主人公对周围的评价完全不在乎，无论什么时候，总是以"我真了不起""我是最棒的"这样的态度向前冲的话，这个角色就会成为"妄自尊大者"或者"自我感觉良好的人"；如果总是觉得"自己被不公平对待了"或"如果那个时候，那个家伙不做××也不至于……"的心态将仇恨对准外界，将自己的不幸归咎于环境等，那么这个角色就会成为一个"对不公平待遇感到愤怒的人"。

妄自尊大或者对不公平待遇愤恨的主人公，如果能因某些事情觉悟到"实际上自己的能力并没什么了不起"，这个角色的自我评价就会发生变化。

那么，发生变化的结果可能就是"好吧，我还是从现在开始加倍努力吧！"或者"我在这个领域虽然比较弱，但是换个领域没准会很强"，于是开始决定改变自己；或者为"原来我其实什么都不是"而感到绝望，认为"反正自己就这样了"而意志消沉等，这之后的故事基调会发生很大的变化。

最后是D类型。能力低且自我评价也低的典型例子就是《哆啦A梦》里的野比太君了。

像野比太君这种就是对自己所做的事情非常不满意的，总是向机器猫求助"快帮帮我，机器猫！"，但是，他的幽默感总令人无法生厌，特别是在娱乐领域有着旺盛的人气。

当故事中出现这种类型的主人公时，经常会有能力超群的人被配置在主人公一边以弥补主人公的弱项，或者会在之后让主人公获得高能力的魔法道具等。

《哆啦A梦》中登场的机器猫，就是野比太君强有力的帮手，可以说他就是超强的魔法道具吧。

获得超强魔法道具的主人公，根据不同的故事会变成A类型的超人。

从柔弱者变成了超人，在行使这个能力的过程中，内心也逐渐变得强大起来……这种类型的成长小说有大家熟知的《少年jump》等，这种类型在任何年龄层的读者中都是颇有人气的。

在以前的爱情喜剧中，很多作品都是这样的构思：女主角是个可爱的马大哈，身边有个靠谱的闺蜜或才华横溢的男朋友。《布里奇特琼斯日记》的女主布里奇特，如果谈及爱情，也可以说是D类型的主人公了。

关于如何帮助主人公，我会在Lesson 6中详细说明。

决定主人公的价值观

以上的说明虽然比较长,但到目前为止,已经把你的主人公的性别、年龄、能力以及能力的高度、自我评价都决定下来了。

接下来,我们继续决定主人公的价值观吧。

你们俩塑造的主人公分别是:

少年(13岁)"有预知未来的能力" 自我评价＝B

少女(10岁)"能歌善舞,简直就是天才" 自我评价＝B

没错吧。那么,请你想一想主人公在"生活中最重视的"是什么呢?

"……"

"……"

突然被问这样的问题,是不是很难立即回答出来呢?那么,我来换一个问题。

你在生活中最重视的是什么呢?

"嗯……自己或者家人的生命?"

"可能是梦想。"

好的,可以了。我们就用这个回答内容做个练习吧。

少年(13岁)"有预知未来的能力" 自我评价＝B

主人公的价值观＝在生活中,最重要的是自己和家人的生命。

少女（10岁）"能歌善舞的，简直就是天才级别" 自我评价＝B

主人公的价值观是"自己的梦想"。

出现了这样的两个价值观。接下来我们就以这两个价值观为核心，分别塑造一下主人公的形象吧……回答"梦想"的佐藤君，你先说说你的看法吧。

"好的。"

单纯地提到"梦想"还是会感到茫然。请你再具体地讲一讲，是怎样的梦想呢？

"嗯，想成为作家或者想以此为生？"

明白了。佐藤君塑造的女主人公是一个"能歌善舞的，简直就是天才"一样的人。

这个女主人公最重视的事情就是"想成为作家"的梦想，可以这么说吗？

"呃……我感觉把梦想定成以唱歌跳舞谋生会更加自然一些吧。"

其实没有必要非得改变吧？主人公非常珍视自己想成为作家的梦想，后来她发现自己有唱歌跳舞的才能，于是……这样的展开方式也是可以的。

"是的。但还是想把梦想定为以唱歌跳舞谋生。"

好的。那么：

少女（10岁）"能歌善舞的，简直就是天才级别" 自我评价＝B。

主人公的价值观＝自己的梦想是"想以唱歌跳舞谋生"。

就以这个设定继续展开故事吧。

我想对正在阅读这本书的读者说，如果你也想出了诸如"梦想""爱"和"和平"之类模糊的词，也像这样将它们具体化，直到你想出具体的语言。就说"爱"这个词吧，爱有对家人的爱，对朋友的爱，对恋人的爱等。"和平"也是如此，何种状态让人感到"和平"也是因人而异的。

当脑海中只浮现出那些含混不清的词语时，就提出"那到底是什么样的呢？""是针对什么（或者针对谁）的呢？"这样的问题进行自问自答①，通过这样反复不断地提问，价值观就会变得清晰了。

……主人公的价值观决定下来了吗？

那么，接下来试想一下那些价值观面临危机的情况。可以的话，最好能提炼出10种情况。

不用特别具体，如果你正在阅读这本书，请在此停留一些时间，想出10种情况吧。

……想出来了吗？

好的，我们来看看大家是怎么写的吧。山田君的回答是这样的：主人公的价值观＝"自己的生命和家人"。请把你的笔记给

---

① 只能想到"爱"以及"和平"等模糊的词语时，请试着按照下面的顺序反复提问。
例 和平
Q：主人公为什么要追求和平？
A：和平会让人心情舒坦。
↓
Q：主人公为什么希望心情舒坦呢？
A：因为心情舒坦能使人安心。
↓
Q：为什么主人公想要安心呢？
A：因为安心可以〇〇。
↓
Q：主人公为什么想要〇〇呢？
A：因为〇〇可以××……
就像这样反复提问，一直问到答不出来为止。
在回答的过程中反复出现的关键词或者情况，就是主人公所持有的价值观。

我看一下。

"我感觉写的情况都很相似呢……"

没关系。现在是提出想法的阶段,相似也好,重复也好,都是没关系的。

山田君的笔记内容是这样的:

- 主人公所住的村子遭受洪水侵袭,家人被冲散,不知去向
- 主人公的家发生了火灾,家中其他人都遭遇不幸,只剩下主人公孤零零的一个人
- 主人公的住处疫情蔓延,他和家人都染上了疫病
- 主人公的家附近的火山喷发了
- 主人公所住的村庄被狼群袭击
- 主人公的家被土匪洗劫,主人公被绑架
- 主人公的家人被强盗袭击,主人公的妹妹被绑架
- 主人公的家人患上了不治之症
- 主人公的家人被怪物袭击
- 主人公的家人遗忘了主人公

好的,大家辛苦了。都是主人公的价值观"自己的生命和家

人"中的某一个，或者两者都处于危险的状况。

那么，你认为这种情况发生时主人公会采取怎样的行动呢？请想象一下。

动作与反应

如果从主人公的视点来看故事的话，故事就是由不断重复着主人公的动作和反应而推动下去的。例如就像这样……

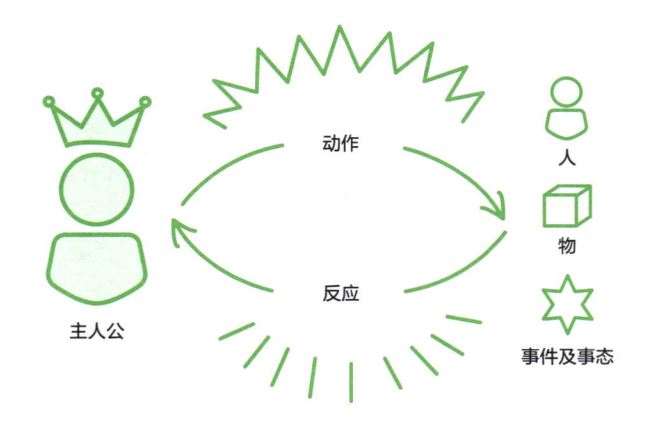

动作

反应

主人公

人

物

事件及事态

例 美丽的主人公站在舞台上（＝动作）→看到这一幕的星探劝诱主人公出道（针对主人公的动作做出的反应）→主人公将此事告诉母亲→（＝主人公针对被劝诱的动作做出的反应）→母亲

反对她出道（=针对主人公的动作做出的反应）……

怎么样，是不是通过动作和反应的连锁反应，可以了解故事的展开情况？

现在，你已经决定了主人公的性别、年龄、能力、自我评价和价值观。

这些，无论哪一个都是对主人公的动作和反应产生巨大影响的要素。

以 例 中的主人公思考一下。

首先是性别。可以想象，如果 例 中的主人公是美女或英俊的小伙子，故事的基调和后续的发展便会有很大的不同。

年龄也会影响故事。如果星探心目中的主角是十几岁的孩子或30多岁的成年人，星探的目标会有所不同，反对出道的母亲的影响力也会有所不同。

至于能力，在这里，虽然写的仅仅是"姿容美丽"，可是姿容美丽也是分很多种的，比如，她可以是一个什么都不会的女主，也可以是体育万能且会表演特技的女主，还可以是会使用魔法的女主，根据人设不同，后面的故事的发展也会完全不同。

针对能力的自我评价也会影响到主人公的行为。知道自己貌美如花并因此而自信满满的女主，完全不知道自己美貌的女主，或者是虽然知道自己貌美如花，但反倒对此有一种自卑感的女主，这些不同情况，女主对星探做出的反应是不同的。

价值观也是同样的。有的主人公认为"人九成看长相。所以就拿自己的美貌当作武器"，有的主人公认为"人的价值不能用外表来衡量"或者认为"希望人们能够了解真正的自己。人们只知道自己的美貌，却并不了解真正的自己"……就像这样，年龄、性别、能力、自我评价等要素只要有一个发生了变化，故事的氛围以及发展就会截然不同，我觉得大家已经理解了。

既然理解了这一点，那么就来看看你们塑造的主人公吧。

此处就以山田君塑造的主人公为例进行思考吧。山田君塑造的主人公是这样的一个少年。

少年（13岁）"有预测未来的能力" 自我评价＝B

主人公的价值观＝自己的生命和家人

假设这个主人公的身上发生了这样的事情：主人公的家突然发生了火灾，家人都不幸遇难，只剩下他孤零零的一个人。

如果遭遇这样的处境，你们认为主人公会采取怎样的行动，或者会做出什么样的反应呢？

"嗯……主人公作为一个有预测未来能力的人，却未能防止灾难，失去了最爱的家人，所以我想他一定会非常自责吧，或者悲痛万分。"

非常好,这种设计看起来很自然。那么再继续思考一下。可怜的主人公在一场大火中失去了家人,他自责,他悲痛不已,但是,他不能一直哭下去是吧。当悲伤告一段落,应该会产生"我想做这样的事情"的欲望。那么他会产生什么样的欲望呢?

"欲望?欲望吗?……但是,13岁就经历如此悲惨的遭遇,感觉就算他过着以泪洗面的日子也不奇怪。可是这样的话,故事就没有意思了……呃……嗯……"

好了,就思考到这里吧。是的,在现实生活中,如果遇到同样的悲惨遭遇,我想大多数人都是一直悲叹落泪过日子的。但是,如果是这种情形,故事就不会有任何发展。

那么,当遇到这种情形时,我们应该如何处理呢?

如果主人公不采取任何行动,那么让周围的人行动起来就可以了。

请回忆一下刚才所讲的内容。故事就是不断重复着主人公的动作→对动作的反应→针对反应主人公采取的行动……而推动下去的。

电视剧的有趣之处在于人与人之间的争斗。所以,最好是让主人公被孤立。让他在心理上被孤立也可以——例如曾经惨遭背叛的经历造成了心理阴影，从此主人公无法相信任何人——或者在周围安排各种各样的人，通过与他们的交往将故事推进下去。

　　针对主人公的动作做出反应的角色有很多种类。其中最具代表性的就是对手和帮助者。

　　所以，从Lesson 5开始，我们将学习塑造对手和帮助者。

Lesson 5

塑造反派人物

麻烦、矛盾、对立

麻烦越多故事越精彩。所谓剧情就是麻烦、矛盾、对立。

在麻烦、矛盾、对立中,麻烦的对方不是人也是成立的。比如着急要去某地却因为堵车无法前行、在森林中被猛兽袭击、遭遇灾害等。

而矛盾也可以在自己一个人时发生。想减肥,可就是戒不了蛋糕;如果完不成任务就会被辞退,可一个订单都没拿到;成绩总是不如所愿。

但是,对立的情形,如果没有对手是不成立的。如果是自己内心的理性与感性的对立,那么它就属于矛盾的范畴了。

并且与主人公对立的对手可以说必然是人。

类似"孤独的英雄挑战庞大的组织"的作品中,就会出现体现庞大组织思想意识的角色(=该组织的高管等),即便是在科幻和奇幻作品中,主人公在与机器人或魔怪对立,对手也会具有与人类相似的性格。如果机器人或魔怪没有任何人类的元素,那么就不是对立而是矛盾了。对方只是有着机器人或魔怪的外形而已,他们在作品中扮演的角色与上面提到的野兽和灾难是相同的。

决定反派人物的形象

在故事中的各种场合与主人公对立的角色就是反派人物。

对手是有着与主人公相反的需求或者价值观的角色。

就像认为"女人的美不在于脸蛋，而在于心灵"的主人公，与认为"长得丑的女人如同垃圾"的反派人物，或者持有"作为医生无论发生什么事情都要挽救患者的生命"信念的主人公和持有"作为医生有时也要给予患者有尊严地死去的自由，而不是一味地延长寿命"这样想法的反派角色，让双方的意见对立起来，故事就更容易推动了。

希望大家注意的一点是，反派人物并不仅限于主人公的"敌人"。

当然，有些时候是可以变为敌人的，但有些时候即便是自己人也可以成为反派人物。

下面举个例子说明一下。

例 有一个离婚男子希望"我的下一任妻子要会做饭，会打扫房间，而且不会丢下孩子不管"，而他的女朋友的价值观和需求是"不能因为结婚就被家庭所束缚！即便和他在一起了也想继续工作"。

在爱情故事中，主人公和恋人对于恋爱和婚姻生活的价值观经常是正面对立的。这种情形，恋人就是主人公的"反派人物"。

在这里就用Lesoon 4中登场的佐藤君的主人公来塑造一下反派人物的角色吧。佐藤君塑造的主人公是：

少女（10岁）"能歌善舞，简直就是天才"　自我评价＝B

主人公的价值观＝自己的梦想是"想以唱歌跳舞谋生"

这样的一个角色。因为是女孩，自然就是女主人公。这个女主人公"想通过唱歌跳舞谋生"的梦想既是价值观，同时也是需求。

大家还记得什么是价值观吗？

对，就是决定"这才是最好的"这种优先顺序的观念。

所以说，女主人公是一个无论发生什么都会把"想通过唱歌跳舞谋生"这个梦想＝欲望放在最优先位置的角色。

好了，佐藤君也构思了女主角价值观面临危机的10种情形。我们来看看佐藤君是怎么写的吧。

- 主人公的母亲反对主人公想通过唱歌跳舞谋生的梦想
- 主人公所在的国家法律规定禁止唱歌跳舞
- 主人公患上疾病，无法出声
- 主人公受伤，手和脚都动不了了

- 主人公的学校宿舍禁止唱歌跳舞
- 主人公想要参加试镜，却受到对手的阻拦
- 主人公被邀请参加试镜，可因为不自信而退出
- 主人公所在的村子的掌权者禁止村里人唱歌跳舞
- 主人公的歌舞背离了其国家的标准，受到周围人的强烈抨击
- 主人公的歌舞惹来可怕的厄运和意外

佐藤君，请问文中出现的人物中，哪些人可能成为主人公的反派人物呢？

"一个是主人公被母亲反对的这个，另一个是被竞争对手阻拦的这个，还有就是村里的掌权者禁止唱歌跳舞的这个，就是这些了。"

很好，那么就从这三个中选出一个自己喜欢的吧。

"那我选村子里的掌权者这个。"

- 主人公所在的村子的掌权者禁止村里人唱歌跳舞

好的，就定这个情形了。

正如先前说明的那样，反派人物是持有与主人公相反或对立的需求、价值观的人。佐藤君的主人公是一个特别重视自己"想

要通过唱歌跳舞谋生"这一梦想的女孩子。那么，塑造与此相对立的需求和价值观的话应该是什么样的呢？

"唱歌跳舞没啥用？或者不允许村民唱歌跳舞……"

是的，就是这样。村里的掌权者就是持有这种价值观的人物。

那么，这个人物为什么如此讨厌唱歌跳舞呢？

"啊，这个我已经想好了。其实这个掌权者——村长有一个体弱多病的孩子，他的孩子没法唱歌跳舞，可其他健康的孩子却可以在外面又唱又跳，他认为这样对自己的孩子不公平，所以他为了不让孩子难过，决定禁止在村里唱歌跳舞，这样的想法是不是可以呢……"

非常好。这样就让反派人物与主人公的价值观对立起来了。而且身为反派人物的村长有一个"不想让自己的孩子难过"这样的需求。

那么，这个村长的年龄和性别分别是如何设定的呢？从他有一个体弱多病的孩子倒是能看出他是一个成年人……

"嗯——，那就设定为一个40多岁的男人吧。"

明白了。我们来梳理一下。佐藤君塑造的反派人物是：

村长（40岁） 反派人物 男性

需求＝"不想让自己的孩子难过"

价值观＝"禁止村民唱歌跳舞"

村长就是这样一个角色。

那么，最后再想一想这个反派人物的能力吧。

反派人物的能力一定要想一个能影响到主人公的需求以及价值观的东西。

比如，设定这个村长为"村里最能挖洞的名人"，或者也可以设定他是"大胃王世界冠军"。但是，像这样的能力不论设定多少，与女主人公的价值观和需求没有任何直接的关系。

所以，要决定一个可能与主人公的价值观和需求相关的能力。佐藤君，怎么样了？

"因为是村长，所以掌握着村里的巨大权力，村里人都不能反对他，这算是能力吗？"

是的，这个可以算是一种能力。如果能将那个"巨大权力"划分得更具体更清晰，那就更好了。比如，村长是村里最有钱的，村民都在村长那里借过钱；或者他是统治周围的地主，村里人都是他的佃户。

"嗯……那就用那个地主和佃户的情形吧。"

你不要搞错哦，这部分是需要你自己来思考的（笑）。学了这么多,大家是不是感觉疲劳了呢?

我们把反派人物的简介整理完,就休息一下吧。

村长(40岁) 反派人物 男性

能力="对于村子里的佃户来说,村长是拥有绝对权力的地主"

需求="不想让自己的孩子难过"

价值观="禁止村民唱歌跳舞"

稍作休息后,就让这个反派人物去对抗一下主人公吧。来看一下只设定了主人公的情形和有了反派人物后的情形,故事的进展会发生怎样的变化吧。

让反派人物和主人公动起来

那么,我们就动用佐藤君设定的反派人物吧。

少女(10岁) 主人公 女生

能力="能歌善舞的天才"

自我评价=B

价值观=主人公的梦想是"想通过唱歌跳舞谋生"

村长(40岁) 反派人物 男性

能力="对于村子里的佃户来说,村长是拥有绝对权力的地主"

价值观＝"禁止村里的人唱歌跳舞"

需求＝"不想让自己的孩子难过"

这么说来，我还没决定对村长能力的自我评价呢？佐藤君，这个人的自我评价属于哪一个类型啊？

"是A类型。"

好的。这个A类型属于"能力高，自己也清楚这一点"。村长了解自己是地主，当然也了解自己拥有对佃户行使权力的地位。

佐藤君，被村长禁止唱歌跳舞的主人公该怎么做呢？

"嗯……，应该逃出村子。"

逃出村子？仅仅10岁的孩子能做到吗？

"没办法啊，在村里既不能违抗村长，又不让唱歌跳舞，也只能这么做吧。"

原来如此。那也就是说，这个故事会成为一个少女为了追求可以唱歌跳舞的梦想而逃离的公路电影了？

"哦，是吧。"

那么，费尽周折塑造的村长角色就这样退场了吗？

"这么一说，的确是有些可惜呢。"

是吧（笑）？好不容易创作出来的，就让他在村子里多待一些时间吧。

女主人公逃离村庄的情节本身，我觉得很真实。女主一旦逃脱成功，村长就再没有机会登场了，在这里弄一个让她逃走，但是被发现后抓回来这样的插曲怎么样呢？这样既能体现女主人公为了实现自己"以唱歌跳舞谋生"的梦想，逃出村子也在所不惜的性格，也能向读者们交代女主人公身处的难以逃脱的村里的环境，一举两得啊。

创建动作→反应的流程

我们用Lesoon 4中介绍的动作→反应的流程，梳理一下到此为止的内容。

女主人公从村子里逃出（=主人公的动作）

↓

有人把女主人公抓回村子里（=对主人公的动作做出的一个反应）

故事就变成这样。佐藤君，把女主人公抓回村子里的是谁呢？

"嗯，是一个接到村长指示的人？"

好，在这里为了让对立的结构清晰化，就写成下面这样吧。

女主人公从村子里逃出（＝主人公的动作）

↓

村长命令村民把女主人公抓回来

（＝针对主人公的动作做出的反应）

像这样，编写动作→反应流程的时候，要养成明确主语的习惯，写出动作的发起者是谁。

我们回到佐藤君的故事中吧。女主人公的举动引发了村长的反应。接下来轮到女主人公了。被抓回来的女主人公在这之后会做什么？

"哭闹，喊叫……我想她还是会反抗的。"

是的。我们再添加一些女主人公采取的行动吧。

女主人公从村子里逃出（＝主人公的动作）

↓

村长命令村民把女主人公抓回来

（＝针对主人公的动作做出的反应）

↓

被抓回来的主人公哭着闹着反抗

（＝针对村长的动作，主人公做出的反应）

又轮到村长出场了。村长见主人公有反抗的动作，会做出怎样的反应呢?

"惩罚主人公或者把主人公关在某个地方……"

听起来不错。那是惩罚她呢？还是把她关起来呢？

"嗯，那就作为惩罚把她关起来。"

要关在什么地方呢？

"关在村长家像监狱一样的房间里。"

禁闭室吗（笑）？原来这是发生在日本的故事啊？

"不，感觉更像是西方幻想剧，不过我觉得一个村长的住宅里有地下牢狱这一点感觉怪怪的。"

知道了。现在是塑造角色的阶段，细节我们可以暂时保留。

女主人公从村子里逃出（＝主人公的动作）

↓

村长命令村民把女主人公抓回来

（＝针对主人公的动作做出的反应）

↓

被抓回来的主人公哭着闹着反抗

（＝针对村长的动作，女主人公做出的反应）

↓

在遭到主人公的反抗之后，村长将主人公关在自家地下的禁

闭室里

（=针对主人公的动作，村长做出的反应）

接下来轮到主人公了。被关起来的主人公这下该怎么办？

"她想逃出去。可是……"

可是？

"应该没那么容易逃出去……嗯，主人公才10岁，而村长却是40多岁。一个正常的成年人是不会采取能让孩子轻易逃跑的关押方式的。如果让女主人公很轻易地逃脱了，那么村长就显得太愚蠢了……"

很好，发现了一个很好的问题。就像佐藤君你所讲的。

"但是，女主人公想要逃跑却逃不掉，这还能算是动作吗……"

具体来讲是以什么样的方式逃跑呢？

"敲铁围栏、大声喊叫之类的，反正小孩子能采取的行动都做一遍。但是这里是村长的家，估计没有人会来帮助她吧。"

我懂了。那我们就把它写下来吧。为了避免重复，前半部分就省略了。

在遭到主人公的反抗之后，村长将主人公关在自家地下的禁闭室里（=针对主人公的动作，村长做出的反应）

↓

　　被关起来的女主人公有时敲打铁围栏，有时大喊大叫企图逃走，可就是逃不了（＝针对村长的动作，女主人公做出的反应）

　　……就会变成这样。佐藤君，继续往下说？

　　"接下来轮到村长了，是吧。他是为了惩罚反抗的女主人公才把她关起来的，所以我想在女主人公安静下来之前是不会把她放出来的。可是呢……"

　　可是？

　　"要让村长等到女主人公不反抗为止。可是，在我的想法里女主人公不是一个轻易屈服的人。她应该不是一个会马上说'对不起'求放过的那种人。如果是这种情况，感觉就会进入'女主人公反抗到底→村长不放她出来→女主人公继续反抗→村长还是不放过她'这样的死循环里了。"

　　原来如此。故事会陷入僵局，是吧。

　　"是的。"

　　好的。

　　那么在此请回想一下在Lesson 4中所学到的内容。

　　当故事无法进展下去的时候——也就是主人公没法再采取动作的时候，应该如何处理呢？

"啊，想起来了，是不是让其他的角色行动起来呢？"

对了。当主人公无法自由行动时，让周围的人动起来就可以了。

在佐藤君的故事中，主人公和反派人物都登场了。让这两个人对立起来，故事才得以展开，可是进展到这个地步之后，他们都没法采取行动了。

但是不要忘了，针对主人公的动作可以做出反应的不仅只有反派人物。在故事发展过程中，帮助者也起着非常重要的作用。

所以，我们在下一课Lesson 6中学习塑造帮助者的方法。

# Lesson 6

塑造帮助者

步履艰难，对手太强

相对于主人公的能力而言，如果冲突的规模过大、反派人物的能力过高，那么，单凭主人公一人的能力无论如何都无法解决和战胜。

遇到这种情况时，初学者通常是这么处理的：

①降低冲突的规模或激烈程度

②降低反派人物的能力

可我想在此提醒大家，千万不要这么处理。因为这么处理，只能让故事变得索然无味。同样的道理：

③提升主人公的能力设定

同样是不可取的。如果想提升主人公的能力，就要同时提升冲突的破解难度和敌人的能力，需要同时加强双方的能力。

还记得在Lesson3中学习的关于极端的那部分吗？当时说过，相对于"狙击成功率60%的狙击手"，"狙击成功率100%的狙击手"更能凸显其优势、看着更有意思，对吧？

其实冲突以及反派人物亦是如此。

相较于"一旦感染就要躺着休息3天的病毒"而言，"致死率100%的病毒"当然更刺激人心了。

相较于和"稍加努力就能打倒的敌人"对抗，和"怎么想都不可能战胜的敌人"对抗，更让人惊心动魄。也就是说，这样才能使故事的娱乐性变得更强＝故事更加有趣精彩。

"可是，主人公无论如何都束手无策的问题该怎么处理呢？"

这种情况，就是帮助者登场的好机会。

"帮助者"登场

帮助者是直接给主人公提供帮助，或者给主人公提供有力情报等，支持主人公的角色。

相对于反派人物针对主人公采取的行动，即抵抗、对立、妨碍等所谓的负面行动而言，帮助者则是采取帮助、赞成、协调等所谓的正面行动的。

在主人公破案遇到障碍之时给予意外提示的目击者，以及在女主角陷入困境时给予安慰的好友等，都可以归类为帮助者。

因此，在本章中，我们将学习如何思考并塑造帮助者。

帮助者的作用与注意点

很抱歉突然说些没头没尾的话，在作品中，帮助者的作用无非就两个，那就是：

①协助主人公

②打破僵局，使故事持续向前发展

就这么简单。其中，尤其重要的是②打破僵局，使故事持续向前发展。帮助者要针对主人公面临的问题给出有益的指引，有时甚至要直接出手相助，从而起到将陷入僵局的故事再次推进下去的作用。

但是，凡事都不能过头。

请你想想看。如果哆啦A梦在没有大雄的情况下打败了吉安会如何？或者如果邓布利多一个人打败了伏地魔会怎样？

是的。如果发生这种情况，那么故事的主人公就将是哆啦A梦而不是大雄，是邓布利多而不是哈利了。

帮助者最多只不过是协助主人公的角色。一定不能让帮助者代替主人公解决应由主人公解决的问题。

帮助者出场时，还有一个注意点。那就是协助的程度与角色之间的平衡。

例1 主人公正在街上追逐一个邪恶的电锯杀手。跟丢罪犯的主人公问路人A："他往哪个方向跑啦？"

看似好不容易得救的路人A，在血淋淋的尸体旁边瑟瑟发抖地说：

"那，那边……"

路人A指向凶手逃跑的方向。主人公丢下瘫在地上的路人A继续追犯人。

在这个场景中,路人A只扮演了主角的协助者角色。

但是,如果在这里路人A说:

"我和你一起去追吧!"

和主人公一起去追赶的话,那么A就需要一个这样做的动机或理由。

这次让我们用不同的方式来看看同一个场景。

例2 主人公在街上追赶一个邪恶的电锯杀手。主人公跟丢了犯人,匆忙环顾四周。这时,一位死得很惨的年轻孕妇和一位呆呆地跪在她旁边的青年映入他的眼帘。

"往哪个方向跑了?"

青年默默地指着前方。"知道了!"主人公立马奔向青年指的方向。青年说完也马上跟了上去。

"危险,快回去!"

主人公劝他回去,但年轻人却一直紧追不舍,神色严厉,嘴唇紧闭——

好吧,这是相当沉闷的剧情,但如果你创造出这样的场景,读者应该会明白为什么这个年轻人要跟着去了。

然而如果走到这一步，这个年轻人就不再只是一个过客了。

例1中登场的路人A之后怎么样了，我想应该没有读者会想起这位路人吧，反而更会关心例2中这个青年后来到底怎么样了，是吧？

在故事的世界里，具有积极协助主人公的合作动机和理由的人物，会成为相当重要的角色。而且大部分关键的提示和宝贵的帮助都来自这样的角色。

换句话说，没有什么特别的理由，就不要让顺路的角色做重要的事情。如果这样做，大多数时候，故事的发展将会变为机会主义。

讲得冗长了一些，详细的内容还是在实际操作中慢慢学习吧。

塑造帮助者的角色

接着Lesson 4和Lesson 5，我们在参考同学们的作品的同时，学习如何塑造帮助者的角色吧。

这次我们来看一下在Lesson 4中提到的山田君的作品吧。山田君塑造的主人公是下面这样的角色。

少年（13岁）"有预知未来的能力" 自我评价＝B

主人公的价值观＝自己的生命和家人

这个主人公的不幸遭遇：

- 主人公的家遭遇了火灾，家人不幸遇难，只留下主人公孤零零一个人。

主人公明明有预知未来的能力，却未能防止火灾、未能阻止家人遭遇不幸，因此非常自责，悲痛不已。

后来，主人公变成了下面讲述的这个样子。小小年纪就失去了家人的主人公，从此意志消沉，毫无振作的气色。也就是说，故事到此就停滞不前了。

山田君，那就在此处让帮助者登场将故事继续下去吧。

"嗯……这样，让邻居先把主人公带到自己家，怎么样？"

可以的。那么帮助者就是"邻居"了。那为什么这个"邻居"要收留主人公呢？

"嗯……就是看到孩子在烧焦的房子前哭泣，感到他太可怜了，就想让他先在家里住上一两晚，类似这样的感觉。"

也就是说这个"邻居"在这个时间并没有真正想接管或收养主人公，是吗？

"对，让主人公待到他心情平稳下来是没有问题的，但一直待下去就有点接受不了了。"

好。那么就把到这为止的动作和反应的流程整理出来吧。

主人公的家遭遇火灾，家人都遭遇不幸，只剩下主人公孤零零一个人

↓

主人公有预知未来的能力，却未能阻止火灾和家人的死亡，为此他自责不已，伤心欲绝（＝主人公对事件的反应）

邻居暂时把主人公带到自己家里（＝对主人公的行为做出的反应）

接下来轮到主人公了。你觉得主人公被邻居收留后会是什么感受，会做出怎样的举动呢？

"认为给人添麻烦感到抱歉，应该是寄人篱下唯唯诺诺的。还会因为心中有亏欠感，所以想通过打扫和洗碗帮一点忙。"

是一个非常懂事的角色啊（笑），看到这样的主人公邻居会怎么做呢？

"虽然很可怜，但还是想让他离开。因为自己还要养活家人……邻居估计会这样想吧。"

那就让我们把它写在动作 → 反应图表上吧。

主人公有预知未来的能力，却未能阻止火灾和家人的死亡，为此他自责不已，伤心欲绝（＝主人公对事件的反应）

↓

邻居暂时把主角带到了自己家里（＝对主人公的行为做出的反应）

↓

主人公寄人篱下唯唯诺诺，懂事的主人公帮助邻居做家务（＝针对邻居的反应，主人公做出的动作）

↓

邻居虽然认为主人公很可怜，但还是想让其离开（＝针对主人公的动作，邻居做出的内心反应）

注意最后一行画波浪线的部分。邻居在这个阶段还只是在想而已，并没有采取任何可见的行动。

在本书中，我们将此类反应称为内在动作或内心反应。

通常，内心的动作/反应，如果不以某种形式转移到可见的行动上，或者让周围的角色察觉到的话，就不能转移到下一个动作/反应上。

现实世界中不也是这样吗？假设你因缺钱而困扰着，但是你没有告诉任何人，也不找工作，那么，你是不会得到钱的。即使我什么都没做，但如果有一天有人突然给我5亿日元作为礼物，我这辈子都不愁吃不愁穿了——在故事的世界里，这样的发展被称为机会主义。

所以，山田先生，为了避免发展成为机会主义，还请重新思考一下如何继续展开故事。要么邻居采取一些行动，要么主人公察觉到什么。

"嗯……那么还是主人公有所察觉吧？我想这种（邻居的）氛围，即使邻居没有说出口，也会以某种方式传递给他（主人公）吧。"

"我的意思是，这个主人公不是有预知未来的能力吗？"

啊，没想到在这里佐藤君来了一个漂亮的吐槽（笑）。

"啊，是呢！自己可以预见自己会被赶出去啊！"山田君，这可是你自己塑造的角色哦。

就这样吧。试着将流程添加到动作→反应图表上吧。

主人公寄人篱下唯唯诺诺，很懂事的主人公帮助邻居做家务（＝针对邻居的反应，主人公做出的动作）

↓

邻居虽然认为主人公很可怜，但是过些日子还想让他离开这里（＝针对主人公的动作，邻居做出的内心反应）

↓

主人公用他的预知未来的能力看到被邻居赶出去的场景（＝

主人公的内心反应）

这次主人公的内心活动出现了。

主人公所预测的未来，只要主人公不说，其他人就不可能知道。既然有了这样的内心活动，那么就让主人公采取一些行动吧。

"与其被人赶出来，不如自己主动离开。"

可以。那么这就是图表最后部分的动作→反应了。

主人公用他的预知未来的能力看到被邻居赶出去的场景（＝主人公的内心反应）

↓

主人公自己离开了这里（在主人公的内心活动基础之上做出的举动）

这样一来，山田君的主人公就又回到居无定所的状态了。

如果主人公仍然同之前一样那么悲观的话，故事会再次停滞，而且到此为止塑造的邻居的插曲也会付诸东流，是吧？

故事不仅描述了矛盾和对立，同时它也在描述着变化。

主人公以及围绕在他身边的人物一定要在插曲的前后发生变化。

那么，经历这个插曲之后，山田君创建的主人公，或者围绕在他身边的人的状况发生了怎样的变化呢？当然，主人公和他们双方的状况同时发生变化也可以。

　　正在阅读本书的朋友们也在此处用一点时间和山田君一起思考一下接下来的剧情发展吧。

　　……都想出来了吗？

　　我想重申一下，这个问题没有正确答案。应该是十个人有十个不同的答案，一百个人就有一百个不同的答案。

　　所以，千万不要认为自己想的答案是"错误"的。

　　那么，就来听听山田君想好的故事的后续进展吧。

　　"由于主人公原本就是一个重视自己和家人生命的角色，所以，我觉得他离开了邻居家之后可能会渴望找到'新的家人'，所以他踏上了寻找自己新的家人的旅途。"

　　很好。也就是说他要找到一个不是像这次出场的"邻居"那样照顾自己一时的人，而是踏上了寻找可以和自己一起生活一辈子的家人的旅途，是吧？

　　"是的。"

　　也就是说，主人公在这之后的行为就会根据"想找到新的家庭"这一需求而定了。这将如何与主人公持有的预知未来的能力结合起来呢？这之后的故事很让人期待。

现在，我们再分析一下此处登场的帮助者角色吧。

如果是山田君所想的这种故事的进展，这个"邻居"就如 例1 中出现的路人A，会成为一个无关紧要的角色。因为主人公离开邻居家之后，邻居再次登场的可能性很小。

但是，如果针对"主人公要离开邻居家"这一举动，邻居认为"还是没法抛弃主人公。决定要将他留在自己家！"，于是追了上来的话，那么这个角色就会变得重要一些。这之后的故事也可能进展为"因遭遇火灾失去了家人的少年主人公和把他带到自己家里的邻居，经历了各种各样的纠葛之后终于成为真正的一家人的故事"。

如果是前面那种情况的话，邻居就仅是一个过客的角色而已，所以也不需要过于详细地描写。但如果是后一种情况，扮演副主人公的角色的话，就需要像塑造反派人物那样，详细决定需求、价值观和能力了。

小结

怎么样，对主人公、反派人物和帮助者的塑造方法是不是有了大概的了解呢？

恕我啰唆，所谓的故事就是围绕主人公的行动以及周围的人、事、物对此的反应来反复推进的。

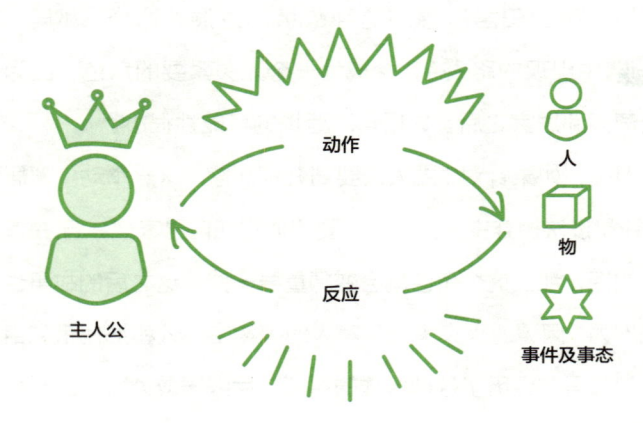

```
主人公 →[动作]→ 人 / 物 / 事件及事态
       ←[反应]←
```

如果主人公没有做出任何的举动或者主人公的举动没有得到任何人/任何反应的话，故事大概就处于停滞状态了。

如果你是一个"想让故事以良好的节奏进展"或"想写一个读着酣畅淋漓的故事"的人，就更应该好好记住上面的内容了。

不过，针对主人公的动作做出反应的并不一定必须是人。

主人公进入了丛林（=主人公的动作）→嗅到气味的老虎袭击而来（针对主人公的动作，老虎做出的反应）

或者：

主人公购买了彩票（主人公的动作）→彩票中了一亿日元

（针对主人公的动作做出的反应）

以上情形中，做出反应的是人以外的"老虎"、"中彩票"的事件。

但是"老虎"也好"中彩票"也好，因为都不是人，并不能与主人公发生语言上或者情感上的交流。当我们读小说、看电视剧的时候——那是想读/想看关于人的故事，不管作品中的事件多么离奇古怪、吸引人，如果没有描写出卷入故事的人物的心理活动，那么，就只能算是将发生的事情单纯地罗列出来而已。随之，故事的精彩程度就会减半。

为了让停滞下来的故事能够进展下去，可以让事件发生，也可以让反派人物登场，还可以借助帮助者之手。

但是请不要忘记，我们是有感情的动物。如果有什么事件发生了，就一定会对此做出些什么反应才对。对那些在自己遇到困难的时候伸手相助的人，有人会表示"感谢"，有人会认为自己"没出息"，有人会感到很"懊悔"。这种差异——就是来自那个人的价值观。

在故事中刻画主人公以及主要的角色时，一定要在仔细思考了他们的价值观和需求之后再做决定。作为作者切记不要仅仅"因为这样刻画故事更容易推进"之类的理由来做决定。如果无论如何都想那样展开故事的话,那么就赋予角色一个做出那种举动的必要性吧。

当登场的人物各自沿着自己的要求和价值观行事的时候,在某种意义上就是按照个性自由行动的时候,这个故事会显得特别的生动且精彩。

本书出于方便将"反派人物"和"帮助者"作为不同的角色进行了介绍。实际上,在某个场景中的反派人物,在另一个场景中却扮演了帮助者的角色,或者帮助者背叛后变成了反派,这些情况都是常有的。

请按自己的方式创建出各种各样的需求和价值观,创作出富有魅力的角色和精彩的故事吧。

Lesson 7

细节与演绎

我们在Lesson 1和Lesson 2创建了故事结构，在Lesson 3到Lesson 6创建了主要的角色。也就是说创建了所谓的故事框架和故事的主要组成部分。

Lesson 7中我们学习一下组成故事的血与肉的部分——细节。

"常见"的过敏反应

当谈论到自己接下来要写一个怎样的故事时，学生们经常会自嘲着这样说：

"这也太俗了吧……"

于是就把好不容易想出来的故事，在还没怎么认真思量的情况下就抛弃了。

等一下！请问"俗套"难道就那么不好吗？

"如果注意看一看那些在新人奖中落选作品的书评就知道。书评中基本上写的都是'进展俗套'又或者'都是我看过的故事情节，小插曲毫无新鲜感'之类的。"

的确如你所言。"俗套"以及"随处可见"等词语经常被用于贬低作品。

但是，如果将同样的内容称为"传统派""王道""经典"的话，怎么样？是不是有了正面的意味呢？

那么，"俗套"和"王道"的差异到底在哪里呢？

正如Lesson 1中所述，广受欢迎的故事通常都是有一些固定套路的。

灰姑娘以及英雄类的故事，体育精神类的故事等，"主人公做××"的事件和"如何做"的情况是成套的。

如果说禁止使用任何这些套路然后来写一个故事的话……

对于职业的作家来讲也是相当有难度的，或者说应该是几乎不可能的。

沿袭传统套路写故事并不一定不好。

为什么那些"常见的套路"会"经常出现"呢？

那正是因为我们喜好所致的。因为我们都认为这样精彩。

所以，沿袭传统套路并没什么不好。不好的是在细节上偷工减料。

匠心独具在细节

举例说明一下。

比如你用了体育精神类的套路写了一个故事。

假设你在几个体育精神类的情节中选择了下面这个套路。

> **套路例**

　　主人公意外地成为一个各方面都一塌糊涂的队伍的领队。主人公一面被富有个性的队员们折腾，一面想着无论如何都要把队伍的成绩提上来而苦战恶斗。

　　主人公的努力终于得到了回报，队伍出色地赢得了初战。之后又连续获得了胜利，但是在决战之前却发生了致命的冲突，不仅获胜无望，甚至连队伍能否存续都成了问题。

　　可是经过主人公和团队的努力，奇迹发生了，曾一度认为获胜无望的队伍，最终竟然以获胜的形式圆满收尾了，真是可喜可贺。

　　怎么样，是不是很俗呢（笑）？

　　那么，故事的主线不变，将这个故事按照下面的顺序依次思考一下。

- 主人公的性别、年龄、职业
- 一塌糊涂的队伍对抗比赛
- 故事的背景年代
- 故事背景的地点

关于这四条，尽可能地想出五个，最好能想出十个。

加油试一下吧。

……想好了吗？

我们看看大家是如何作答的吧。(　　)内是主人公的年龄。

回答例1

主人公……女高中生（16岁）

竞技……高中棒球

时代……现代

背景……某个地区的地级城市

回答例2

主人公……无职业的男性（34岁）

竞技……室内足球社团的领队

时代……现代

背景……东京近郊

回答例3

主人公……大剑客柳生十兵卫（26岁）

竞技……杖术

时代……江户时代初期

背景……鹰取藩（＝虚构的藩）

回答例4

主人公……小学四年级的少年（10岁）

竞技……珠算

时代……江户时代

背景……天童藩（真实存在的藩）

回答例5

主人公……公司职员（24岁）

竞技……甜点锦标赛

时代……现代

背景……甜点师培训班

回答例6

主人公……骑士（25岁）

竞技……马上标枪比赛

时代……中世纪

背景……法国

回答例7

主人公……没落贵族的公主（16岁）

竞技……贝合游戏

时代……平安时代

背景……宫中

回答例8

主人公……使用魔法的少年（11岁）

竞技……魔法

时代……中世纪

背景……○○王国

回答例9

主人公……老人（81岁）

竞技……门球

时代……现代

背景……某地区的地级城市

回答例10

主人公……雄性流浪猫（4岁）

竞技……宠物秀

时代……现代

背景……动物收容所

怎么样？是不是即使故事情节完全一样，只要改变一些设定，就会有读者说"这绝对是一个很普通的故事"，有读者会说"我想读读看"，还有读者会说"我一定要读"呢？

"想读"哪个设定的情节,自然是因人而异,但从是否"老套"的角度来看,回答例1、2、5、9是最常见的路线。

"一个女高中生成为县内最弱棒球队的领队,并且带领她的球队在甲子园取得胜利的故事。"

"一个不得志的失业男子与同样都是失业者的朋友们组成了五人制足球队,并赢得成人组比赛冠军的故事。"

"一个办公室的女职员到糕点师培训学校学习,与同一所学校的学生组队赢得甜点制作竞赛冠军的故事。"

"一个在老人院虚度时光的主人公,将同一个院里的老人组织在一起,赢得了门球比赛胜利的故事"……

无论哪一个,听起来都是陈词滥调。

回答例5将舞台设置为"甜点师培训班",一个有点不寻常的地方,这是值得给予好评的。如果是这样的情节设定,那么应该可以同时套用体育精神类模式、职业类模式以及内幕类的模式了。

职业类、内幕类

作为职业类和内幕类的经典故事,立即浮现在脑海中的有医生、侦探、教师以及好莱坞和百老汇后台的幕后故事。无论是哪一类，它们到现在为止依然换汤不换药地不断被创作着。

2005年，在日本电视台播出的《女王的教室》中，塑造出了与以往教师故事中出现的"好老师"相反的女主角形象，这引发了争议。可以说，这是一个经过在细节上下功夫，实现了给"老生常谈"的模式注入新血液的一个例子。

作品《入殓师》中的入殓师，因展现了不为人知的职业而被人关注，而第十六回日本科幻诺贝尔大奖中获得优秀奖的《Bonus track》，则兼具了幽默和恐惧内容的同时，还从侧面展现了著名连锁店的专业后厨。

虽然不是小说，但前空姐写的《飞机上的奇人们》(文春文库)、现役男公关所写的《男公关的世界》(河出文库)、由著名酒店前台经理执笔的《无人知晓的五星级酒店的24小时》(文春文库)等，所有这些都记录了丰富的该行业独有的情节，不会让读者感到厌烦。

职业类型和内幕类型的亮点，在于可以让读者看到平时看不到的职业的内幕。要写出这些相关的细节，就少不了绵密的取材，所以最容易上手的就是写自己的经验、职业，或者与父母的工作相关的题材。

曾经有一个学生说：

"想写小说，但是没有题材。"

于是就问他：

"你家里是做什么的？"

他回答：

"佛具用品店。"

为什么不写这个有着得天独厚优势的题材呢？！于是马上就让他写，没想到在此之后，他因为这个小说，可喜可贺地闯进了最终选拔。

与成年之后凭自己的意愿进入的公司或从事的职业有所不同，自己家所从事的职业反倒出乎意料地容易成为盲区。由于自己从小就生活在那种环境里，所以很可能早已"司空见惯"了。

与社会问题容易产生共鸣的主人公

前述回答例9把老人设定为主人公，这个着眼点也是很不错的。只是把竞技设定为"门球"，这一点令人感到惋惜。一提到老人就想到门球，似乎过于缺乏想象力了。如果它是"举重"或者是"赛车"的话，就可能引发"啊？为什么老人要举重？！"或者"老人难道也能赛车吗？"这样的疑问，从而成功勾起读者的兴趣。

以回答例9的老人以及回答例2的无业男作为主人公的时候，也可以把老人的问题和雇佣问题等社会问题作为题材来写。回答例10的流浪宠物＝宠物的遗弃问题也是如此，有明确的主题和呼吁内容的作品，对读者的呼吁力度也会变得很强。只不过写不好的话，可能会变得像一种说教或者像是在一味地灌输自己的价值观，所以要注意。故事说到底还是一种娱乐。所以，还是从阅读的角度出发，优先考虑写一些能够让读者读得开心的内容吧。

在竞技种类上下功夫

在此，我们就从是否"老套"这一视点出发，来看看设定的各种竞技项目吧。

回答例1的"棒球"，其实早有很多作品问世了。回答例2的"五人制足球"以及回答例9的"门球"，相比棒球和足球而言属于减分的，但是如果能把其他设定（主人公以及舞台、时代等）做好，也可能创作出有趣的作品来。

回答例7把"贝合"这样一种非常小众的竞技放到了主要位置。

这对于读者来讲非常新鲜，如果对这样的竞技规则以及博弈和一些技巧做好取材，并且把这些巧妙地写入故事中，应该也可以让读者产生深厚的兴趣，并且读起来会很起劲。

回答例4的"珠算"，如果是现代剧的话，会给人比较土的感觉，会给作品减分。但是，时代背景若设定在江户时代，并且和历史类融合起来的话似乎有很多可以妙用的地方。关于历史类和穿越类，以过去作为故事背景的作品，会在之后的项里进行说明。

回答例5的糕点师+甜点锦标赛这样的题材感觉会受女性读者的欢迎，但仅仅靠这一点力道还不够。最好再加上一个或者两个有冲击力的素材。同样，回答例10的猫+宠物秀这种题材，感觉对那些喜欢猫和动物的读者很有吸引力。但是，仅仅靠"被遗弃的动物们为了能够找到领养的主人而挑战宠物秀→无论如何都找不到领养者的动物们→在主人公的猫刷存在感的行为下，终于找到了领养者"这样的情节，很可能会变成老生常谈的内容。

所以要在这些内容的基础上再下些功夫，至于以怎样的取向获得读者的兴趣，就看作者的水平了。

回答例6的"马上标枪比赛"和回答例3的"杖术"算是竞技中的非主流了，具有历史类型的要素，以及活剧和格斗技等要素，所以，可以说是非常好的题材。实际上，虽说有些陈旧，却也有以马上标枪比武为题材的体育精神类的名叫《lock you！》

的作品，感兴趣的人一定要看一下。在学习作者是通过怎样的主旨来取悦观众的同时，自己总结一下作者除了体育精神以外还使用了哪些套路。

像美式足球、橄榄球以及拳击等是很容易在参与者之间产生肢体碰撞的运动，马上标枪自然也是如此，它们与高尔夫、弓箭这些比赛相比，主人公的动作总是显得那么洒脱。所以，尤其在漫画和电影等作品中，会毫无保留地将这些特性展现出来。

橄榄球以及拳击等竞技相关的作品，在体育精神类里面也属于较多的作品。

相反，日本尚不存在球队的马球、先前作品数量很少的滚轴曲棍球等，写作素材并没有被用滥，所以，只要认真取材而后再写的话，是能够写出有新鲜感、有魅力的作品的。

另一方面，在弓道、香道等动作较少的竞技项目中，能够将玩家的内心和心境变化的部分用文字描述出来，所以故事和小说或许更有优势。

描写选手的动作少且属于非主流的竞技的作品，有五郎的《赛鼓》等。以在城主面前一比击鼓水平高下为题材的《赛鼓》，是一篇活灵活现地描写出了击鼓的主人公的成长历程的著名短篇小说。感兴趣的人，请一定要读一下。

回答例8的魔法对决，单凭此设定是无法知道属于怎样一种竞技的。到底是属于用攻击性魔法打倒对手的那种格斗技类型的，还是属于像在《哈利·波特》中出场的魁地奇那样的运动，如果不先将此明确下来的话，是无法一概而论地判断它是否"老套"的。对于出现魔法的科幻类的作品，会在后面的科幻类中详细描述。

以上虽然是从竞技"是否太大众"的视角出发所讲的，但我决不是在讲如棒球或足球等主流的运动竞技不能作为体育精神类的题材来写。而是想说如果要写主流的竞技，就应该在其他地方下功夫。

2006年由泰文堂出版之后被拍成电影的水野宗德先生的《巨乳排球》虽然是以排球这样主流的运动为题材，却仅仅是不争气的队员们以"如果比赛获胜就要看老师的胸部"为条件这一个插曲展开的故事，并展现出了欢笑与感动交织的精彩的青春故事。同年9月由新潮社发行的三浦紫苑作家写的《强风吹拂》，虽然也以箱根驿站接力赛这样一种人尽皆知的运动为题材，刻画的却是称为竹青荘的破公寓和住在这里的有着各种癖好的怪人，这也是把很多人喜欢的情况组合在一起完成的一个富有魅力的作品。

无论是哪个作品，它们的共通之处就是通过周密的取材，将主人公为了参加竞赛而练习的场面以及该竞技赛所独有的困难描写得细致入微。可以说完美的细节是让整个故事变得丰满的好示例。

以历史为背景的作品集

回答例3、6、7的时代设定在了过去,所以,可以和历史剧、时代剧、剑侠小说以及传奇小说等分类联系起来。

特别是回答例3、7使用了"平安时代""没落贵族""公主""柳生十兵卫"这些关键词,它们可以吸引来对这些词很有反应的读者。

但是诸如"柳生十兵卫"和"织田信长",以及海外的"圣女贞德"和"拿破仑"等,已经成为很多小说、电视剧以及电影的主人公,这时候作为作者的我们,必须要意识到这个人物是有着核心的粉丝群的。不论你在作品中是否使用该人物,都要对这个人物的生平,被广泛传播的逸闻以及同时代的名人、时代背景等这些做好最基本的了解。

回答例7如果不把故事的主人公设定为公主,而是设定为身份卑微的少女——例如身份高贵的父亲和婢女所生的女孩——被人看好的灰姑娘,为主动寻找未曾谋面的父亲,以及寻找起源的贵种流离谭或许会更精彩。

回答例6既可以写成之前所说的那种活剧、格斗技系列，也可以写成历史小说——如果将主人公所处的时代从"查尔斯·德·瓦卢瓦"改为有实际人物存在的"1295—1305年"的话。

历史小说的有趣之处就是它可以让读者有种穿越时空的感觉，去欣赏过去的风景，和历史上的人物欢悦交谈。正如之前所讲的细节的部分，越是能周密做好时代考证和风俗考证，故事整体就会越丰满。取材和调查虽然很不容易，但是对于喜欢的人来讲，应该算是非常值得写的类型吧。

穿越类作品

在以过去为舞台的作品中，回答例4这种就算是时空穿越类型的了。主人公在过去和未来间自由穿梭的时空穿越类（或者时间旅行类）的作品，无论是小说还是影像作品都是有着众多粉丝的。

在TBS，2009年播放的第一期和2011年播放的第二期，广受大众欢迎的《JIN-仁-》既是时空穿越类又是职场类（医生）的，既有以幕府末期为舞台的历史剧的一面又有着人情故事和社会派故事的一面……是各种类型相互交叉的极其浓密的作品。

但是，作为主人公的南方仁，如果不穿越到江户时代，故事就发生在现代的话，会怎么样呢？或者把主人公设置成本来就生长在江户时代的兰方医的话，这个影视作品还会是那么感人的故事吗？

生活在现代的主人公穿越到过去的故事，与登场的所有人物都共有那个时代的常识和想法的历史小说相比，有着完全不同的魅力。

回答例4是生活在现代的小学四年级的少年穿越到江户时代的故事，现在与江户时代的孩子的学历和教育方式都不同，孩子周围的大人们的道德水准和生活方式也都不同。被放到这样环境里的少年究竟如何才能适应这种差异呢？并且——这个问题几乎是所有穿越类作品所共有的——这个孩子究竟是否能够安然无恙地回到现代呢？诸如此类的各种不安与期待一定可以吸引读者。

另外，回答例4的竞技设定为"算盘"。算盘是江户时代就存在的工具，所以如果要在比赛中使用算盘的话，比如日本桥一家大商店的店员，或者京都一家服装店的少爷……诸如此类的人，正好赶上了因要维修藩主的城墙而需要做一个比较难的计算。正当负责建造的官员们因此绞尽脑汁的时候，主人公用珠算式的口算方式转瞬之间就给他们算出了答案……如果是这样，还可以与那个时代才有的角色和插曲衔接起来。

相反，也可以把现代的竞技搬过去。之前提到的《JIN-仁-》中的主人公就把江户时代不应该存在的青霉素、霍乱的治疗法带了过去，比如，主人公教江户时代的人们直到明治时代才传到日本的棒球和足球、从明治时代流传而来的奥赛罗棋，在城里流行起来，或者武士喊着"现在'越位'了吧"，这虽然略带了些约定俗成感，但根据写法、展现方法完全可以写出充满魅力的插曲来。

科幻

回答例8和回答例10是科幻类。回答例8是以虚幻的国家为舞台的科幻剧。回答例10是动物类的。那么就用"是否俗套"的视角来看一下这两个设定吧。

首先说一下回答例8。正如在竞技类上下功夫的内容中提到的那样，单单从魔法这一点是看不出属于哪种竞技的。

假如是用魔法攻击作战的格斗技类加上团体作战的话，"在〇〇王国的魔法学校上学的主人公与同班的差生（或者与怪物伙伴们）一起相互协力战胜优等生队伍的故事"，哇哦，感觉好无聊啊！——什么，这个有些失礼了吧。竟然对我曾经写过的故事用如此失礼的语言（笑）。

玩笑先放一边，仅仅是这样一个情节的话，的确没有什么想读的欲望。也似乎能听到"其实没必要非得是魔法吧"这样的吐槽声。

重申一下，沿袭使用套路本身并不是一件坏事。也就是说，并非要"放弃"使用"魔法加体育精神"这种方式。

我的意思是，既然要写科幻类作品，那就写一些只有在科幻类作品中才能实现的东西吧。

好，那是什么呢？

"所以不是出现了魔法以及魔法学校之类的吗？"

是的。"魔法"也好"魔法学校"也好，都是吸引读者的关键词。

喜欢这些关键词的大有人在。

但是，出现魔法的科幻类也好，出现魔法学校的科幻类也好，利用魔法作战的校园类也好，需要记住的就是类似的作品已经有很多了。

在这一类里想要做到差异化，就要在"魔法加体育精神"的方式以外的地方下功夫。特别是现在开始想要应征新人奖的人，如果只写完上述梗概（＝主线。在应征长篇时，原稿一般只要求添加这些）就了事的话，可以说是一定会落选的。

回答例10的动物类也是相同的。

"被遗弃的动物们，无论如何都要找到领养主，于是挑战了宠物秀→无论怎么努力都找不到领养主的宠物们→因为故事主人公的猫的出色表现，最终可喜可贺地找到了领养主。"

仅仅凭这样的情节，是不能让如今娱乐化的读者感到满足的。

因此，我们需要创建一个亮点，也就是一个能够吸引读者的点。稍后我将在单独的部分中讨论这个亮点。

现在让我们对科幻类和动物类的"惯用模式"做进一步的思考吧。

再次重申一下：

"在〇〇王国的魔法学校上学的主人公与同班的差生（或者与怪物伙伴们）一起相互协力战胜优等生队伍的故事。"

这样的情节，只要能满足下面这些条件，就没什么不好。

这些条件就是——

这个情节里魔法是绝不可少的吗？

"其实真正想写的是格斗类的，但是觉得取材很难又很费力，就决定用魔法作战了。"

"其实自己喜欢的是历史类的（以下同文）。"

既然如此，批评的话就不多说了。就算取材很麻烦、很困难，还是希望你能在自己本来想写的分类里做些努力。

即便是动物像人一样思考、讲话类的故事也是如此。

那个情节如果不把主人公设置成动物，难道故事就绝对无法讲下去吗？

"因为是面向孩子的童话，所以自然地就想出了估计孩子们会喜欢的可爱的动物。"

"故事的主线是无法替换的，所以就先把主人公设置成动物了。"

如果是这样的话，还算可以理解。我劝你再重新整理一下，你作为故事的作者，自己最想讲的是什么故事？

无论童话还是科幻类，哪一个分类里都存在"喜欢这个类别到无以复加的人群"。

是"真正倾注了热情写成的作品"还是"本着不疼不痒的热情写成的"，这些人一眼就能看出来。

无论是运用了怎样娴熟的技巧，饱含着"喜欢"的热情创作出的作品和那些本着义务感和另有图谋的心态创作的作品相比，前者有着压倒性的打动读者心灵的东西。

以虚构的国家为舞台或者用魔法作战的科幻类作品，属于多数人都认为的"不需要取材或者事前考察，所以简单"的类型。

与此相同，有很多学生认为以动物为主人公的童话或者儿童文学容易上手，因为是"给孩子写的，感觉简单"，于是写这类故事。

但是，一定要记住，出现魔法的故事就要有魔法存在的必要性，以动物为主人公的故事就要有动物成为主人公的必要性。

从这个意义上讲，回答例10的情节虽然缺少了一些亮点，但如果主人公不是动物避难所的动物，那么，故事就没法讲下去了，所以说，它有着充分的以动物为主人公的必要性。

在这里，请拿出Lesson 1中做好的"喜欢的作品列表"。想写科幻类的、想写儿童文学或童话类的，你的列表里到底有几个科幻以及童话作品呢？

如果"这样的作品极其多""几乎都是科幻/童话/儿童文学类"，那么就请继续向前迈进吧。

如果不是这样，就请在此先停一停，再次看一看自己感觉"读着津津有味""趣味盎然"的作品集吧。

"其实喜欢的是那些真正的推理类。"

"喜欢婆媳关系错综复杂的爱恨剧场。"

"喜欢不知道谁是敌谁是友的复杂游戏类。"

……

像这样有不少学生说是想写"给孩子们看的作品",可实际上自己最喜欢的却是给大人看的作品。

请挑战你最喜欢阅读的领域吧。尤其是当我们还是个业余爱好者,还不知道该写些什么样的故事的时候,不要去想自己能不能写得了,也不要想"它会不会卖得出去""会不会流行",只要想"自己最喜欢什么样的故事?"并从此开始写起吧。

思考"如何讲述"

到目前为止,我们讲了故事中的以"题材"为中心"是否为常用套路",并且"为了不让故事落入俗套,作为作者应该下怎样的功夫"等内容。

与其他的模式相结合,与意想不到的题材相结合等方式,可以让俗套的故事精彩万分,我想这一点大家已经明白了。

接下来,我们关注一下不让故事落入俗套的另一个要素:"如何讲"。

"推理"和"悬疑"

当我们兴趣盎然地读故事时，会不时地想"接下来的剧情会怎样发展呢？""能快点知道接下来的剧情就好了"。

让读者想要"继续读下去！"——这样的一个吸引读者的技巧就是推理和悬疑，它虽简单却很有效。

请看下面的例子。

例1

①主人公向红酒里放了毒。

②主人公认识的人A将这红酒一饮而尽。

③A死了。

这是将作品中发生的事情按照时间顺序排列出来的内容。

如果将这个故事从③开始讲起，即从结尾开始讲起的话会怎样呢？

①A死了

故事的一开始就是A死了。虽说与死者的死法有关，一般情况下读者都会"啊？"的感到惊讶，接着会想"为什么死了？"。之后为了解开死因而继续翻看下去。

这就是推理[1]的手法。很多推理小说就是用这种手法写的，这种手法不仅用于推理小说，其他类型的故事里也可以使用。比如说——

例2 主人公是女子高中的教师。在他的班级有一个全校公认的美少女。

有一天，这个美少女来到了教师办公室。

"老师，那个，能给我吗？"

女孩犹豫地将手指向了那里，那是他很久以前就放在桌子上的名片盒——一个印刷公司将做好的名片装在这里交给了他——就算一个塑料的盒子吧。

他不知她为什么会想要这个东西，心中虽然不免疑惑不解，但坦白地说，这并没有什么让他感到不悦的，于是就把盒子给了这个女孩。这么说，她，去年的白色情人节是否给过我巧克力呢。当时认为那只是一种礼仪，难道并非如此？……他开始思绪飞扬。

那么，这个美少女到底为什么想要老师的名片盒呢？

难道不想知道这个理由吗？

---

[1] 这里所说的推理指的是一个技巧。这与推理小说中所指的"推理"类别不同。注意不要混淆。——译者注

这是个真实的故事。其实"那个女孩有花粉症，她想要一个容器装上课时擦鼻涕的纸"。

因为她离教室里的纸篓比较远，而且她又不想把用完的纸放入兜里或书桌里。

对我讲这段经历的老师说，这个女孩每次使劲擦完鼻涕后将用完的纸巾塞到名片盒的时候，就有一种非常复杂的感受。

——这些后话先放一边，如果将这个插曲按照时间顺序排列的话会怎样呢？

例3

①有花粉症的美少女走进了教师办公室。

②看到老师桌上的名片盒。

③想到用它放擦完鼻涕的纸正合适。

④请求老师把装名片的盒子让给自己。

听起来是不是有种那又如何的感觉呢？毫无趣味可言。但是 例2 却能够让人产生想要欲知后事的感觉。

只是把故事的时间顺序做了一点调整，就能勾起读者的好奇心，这一点大家是不是已经了解了呢？

同样在时间序列上下功夫的方式还有一种，那就是悬疑。我们再来看一看 例1 吧。

> **例1**

①主人公向红酒里放了毒。

②主人公认识的人A将这红酒一饮而尽。

③A死了。

这次我们将在②的时候中断一下。

①主人公向红酒里放了毒。

②主人公认识的人A将红酒……

将红酒如何了呢？喝了？还是没喝呢？如果这是电视剧的话，就会在A举起红酒将要一饮而尽的时候插播广告（笑）。如果是小说，就在这个时候开始另一个完全与此无关的话题。这样一来，就会让读者产生"如何了，之后怎样了？"这样的兴趣，从而继续向后翻看。

就像这样，推理的基础就是"在关键时候中断"，此外还有一个不得不做的事情，那就是预告。

> **例1** 中将①主人公向红酒里放了毒的事实告诉了读者。如果不在此告知的话，只是在A将红酒一饮而尽的时候更换场景的话，就不会有任何的推理产生，这一点我想大家都能明白。

没有预告，也就是没有告诉读者将毒放入红酒这一事实，而只有A喝了红酒→A死去，按照这样写的话，就成了之前所说的推理了。

以上就是推理和悬疑的创作方法，以及对两者之间区别的说明。

是不是多少明白一些了？

那么接下来就思考一下，作为作者应该下怎样的功夫才能让推理和悬疑更加精彩吧。

具有吸引力的谜团和预告

正如之前所讲的那个名片盒的插曲，本来按顺序讲的话是没有任何波澜起伏的，但仅仅将中途的一段抹去，就能给人一种"这是怎么回事"的好奇感，像这样的插曲只要找一找还是有很多的。对于初学者来讲，首先推荐大家做一下把自己身边发生的事情"更换场景再编辑"的练习。那些让读者惊呼的有魅力的谜，没准就在你身边呢。

写推理故事的时候，要想办法让开头部分的结局的场景读起来津津有味，这一点非常重要。

不要只是一味地强调人死了，而是要说不知为何割断了的被害者的头被换成了菊花人偶的头！或者，那个地方的人们都像传说的数字歌里唱的那样依次离奇地死去了！——诸如这样的插曲是作为作者为了让故事有趣，而应该竭力发挥的部分。当然，如果作品中有将被害者的头替换或者按照歌里那样连续杀人的角色的话，自然就需要安排它们出场了，可即便并非如此，也要在脑中把"如果将这个场面放在开头是不是很有趣"的画面充分想象一番。

放在最前面的戏非常重要，从这个意义上讲推理也是一样的。

正如前面所讲，在推理故事的开场戏中要告知"接下来会发生什么"，在此处读者预想的结果越是荒诞无稽，故事的吸引力就越大。

例1 中的红酒和毒，是什么样的毒？那个相识的人A是在怎样的情况下喝下它的？根据对这些进行不同的设置，作者可以自如地控制故事的跌宕起伏。

假如毒是氰化钾的话，死者就只有A，可如果是传染力非常强且致死率非常高的病毒呢？或者如果那是在各国的首脑聚集的国际会议的会场呢？再或者主人公和A如果是一对相亲相爱的恋人呢？

无论怎么想都觉得主人公没有要杀A的动机，却向红酒里放入了毒药，而A又毫不怀疑地将红酒杯举起来……像这样创作，就可以在产生推理的同时，产生"到底为什么要做这样的事情？！"的悬疑。

在考虑这些问题时，若没有灵感，觉得"不会马上出现好想法的"人，使用奥斯本的检查列表①，可能就会帮助你激发很多想象。

决定作品的"亮点"

在前面我们已经决定了故事的大体过程、主要的角色、细节部分和如何讲述的技巧。剩下的只有一个了。那就是决定你的作品的"亮点"。

现在，请你把所写的情节、主要人物等相关的笔记快速浏览一遍。

---

① A.F.奥斯本的创意技巧：通过就某个主题提出以下9个问题，拓宽你的思维范围，改变你的观点。
 1.转用……可不可以用在其他地方呢？如果应用于其他领域呢？
 2.应用……还有哪些与此相似？可以模仿哪些地方呢？
 3.改用……如果改变一下意义、色彩、动作、声音、气味、样式呢？
 4.放大……如果增加或者增大呢？
 5.缩小……如果减少或者将大小变为最小呢？
 6.代用……人、素材、制作方法等能不能由其他事物来代替呢？
 7.再利用……要素、模式、配置、顺序等能否再利用呢？
 8.逆转……如果把价值、立场、时间序列等逆转一下呢？
 9.结合……人物、事件、类别、要素等混合起来会怎样？

你的作品的亮点是什么呢？

"……"

"……"

怎么了？只需要把你的作品的有趣的地方说出来就可以了。

"嗯……非说不可的话，可能就是世界观吧。"

世界观怎么有意思了？

"……"

别啊，不用这么为难吧（笑）。这不是在质问你们，但是大家似乎很不擅长回答这样的问题啊。日本人或许往往都不擅长从正面强调自己的作品"这个部分非常有趣"吧。

那么，我们就换一个问题。你最近读过的书或者看过的电视剧以及电影中，有没有非常有意思的作品呢？

"动漫也可以吗？"

当然可以了。

"好，那我觉得《虎兔英雄传》非常有意思。"

你觉得哪里有意思呢？

"就是，总是难以预料接下来的进展。还有主人公的角色也非常好。虽然是英雄类的故事，却把人际关系刻画得那么深入……"

好的，明白了。虽然从纸面上看不出来，但学生在给我讲述的过程中却是一直很开心地笑着，显得那么兴致盎然。在谈及自己喜欢的事情时，大家都很自然地露出微笑。

好了，其实现在你所说的这些，就是对你而言的《虎兔英雄传》的亮点。感觉有意思的地方好像非常多，在这么多有趣的内容中你认为"最好的还是这里"的部分在哪里呢？

"嗯……应该还是难以预料接下来的进展吧？"

让你感到兴奋了吗？

"让我感到兴奋了！"

"——啊？"

那么，就把你的作品也创作成那样吧，让人无法完全预料接下来的进展。

"那不是天方夜谭吗？"

这可不是天方夜谭。如果想把整个故事都写成这样，那当然让人感到触不可及了。

你可以试着先设定一个让人难以预料的情节。无论那是多么的微不足道都可以，你觉得怎么样？

"如果是这样的话……，也许……可以吧……？"

很好。这部分就是你作品的亮点了。

"啊?"

怎么？感觉你还是不服气呢？

"是啊，居然只有一个亮点。"

如果你这么想，那就太好了。你还想要其他哪些亮点呢？

"我还想要生机勃勃的角色，还想要帅气的男主角的精彩场面……"

非常好，请把现在所讲的全部记下来吧。

正在阅读本书的读者也请在此处稍做停留，花一点时间写一下"亮点"列表吧。一开始的时候不要贪多，能写出三个左右就好了。

如果你写出了三个以上，那就把能写的全部写出来，然后在其中挑选最佳的三个。

……写出来了吗？

那么，就来看看同学们的回答吧。

回答例子

- 难以预料故事后续的进展
- 有主人公的精彩帅气的场面
- 世界观非常有魅力

非常好。再从这里选出最好的一个吧。《虎兔英雄传》最大的亮点是"难以预料故事后续的进展",你也要把"难以预料故事后续的进展"作为你的作品的最大亮点吗?

"嗯……我的作品的世界观还是很好的。"

"世界观非常有魅力"这一点是吧。

"是的。"

明白了。那么,具体来讲,你所认为的"有魅力的世界观"是一种什么样的世界观呢?

"有些灰暗的感觉,整体印象比较单调。有颓废感、有种像世界末日来临的感觉。就像电影《上海滩》和《移魂都市》——晚上的场景比较多。"

原来如此。看起来已经非常形象了。足够了。接下来继续思考一下。如果你更喜欢你刚刚所讲的世界观,接下来你会进行怎样的改编呢?

"改编成让我更喜欢的样子,是吗……嗯……(思考了很长时间后)……想把电车的声音……加进去。"

"夜里,走在空无一人的大街上,能听到的只有远处传来的电车声。嘟嘟,嘟嘟,嘟嘟。在空空荡荡的道路上听到鸣笛声时,是不是有……一种孤独感,或者说是有种只有自己一个人的感觉呢？想加入有这种感觉的一段内容。"

好！非常棒。读到这一段，我想很多人应该都浮现出了那个场面吧。

到现在为止，其实已经有很多黑暗的氛围和世界末日流的小说和电影。然而，将回荡在无人道路上的电车鸣笛声与孤独感结合在一起的作品，你就是原创了。

你不认为这个部分可以充分充当你作品的一个亮点吗？

"……是的。"

为了追求亮点，一味地"想讨好""想令人佩服"，往往就会力不从心。

所以不要这样，要思考如何把自己喜欢的、自己感到非常有趣的，改编成自己更喜欢的样子。

你的个性和你的独创性，换句话说，就是你"喜欢这个、讨厌那个"的喜好。

虽然你所有的喜欢、讨厌，是已经存在于这个世界的事物，但将这些组合起来而成为"你的"个性，却是这个世界上独一无二的。

所以，请自信地将你的"喜好"通过"故事"的形式展现出来吧。

结 语

讲座的第一天。

无论是在大学还是在文化中心，我总是问学生同样的问题。

——你希望自己在将来能写出怎样的作品呢？

"轻小说、游戏脚本……"（大学生，男）

"如果能写出原创漫画就好了。"（同上，女）

"我的毕业作品，必须写一个剧本。"（同上，女）

"我想写能拿得出手的作品。"（男，70多岁）

"嗯……小说或是童话类的？"（女，30多岁）

"太难的不敢期待……我想我可以写一些给孩子们读的绘本什么的。"（女，40多岁）

所谓的"小说""童话"和"原创漫画"，指的是"通过怎样的方式展现、发布？"指的是一种传播媒体。

"我所问的并不是哪种媒体，而是想问你想写什么样的故事……"

"嗯……想写那种最后出现大反转类的故事？也就是所谓的'大逆转'类吧？"（60多岁，男）

"就是那种，感动人的故事？"（30多岁，女）

"超现实的故事。"（大学生，男）

"只要有趣，什么故事都行……总之，我希望自己能写出来。"（同上，女）

大部分同学都是这样子，没有特别明确的答案。回答时带着模棱两可的表情，似乎没有自信的样子。

所以，我又问了一个问题。

——你喜欢怎样的作品？

"一个感人的故事！"（大学生，女）

"萌系？（笑）"（同上，男）

"不知道在这里说是否合适……我喜欢BL作品。"（同上，女）

"爱情故事……还有，我喜欢感动到让人流泪的故事。类似彼此相爱的恋人，最终还是分手之类的。"（女，40多岁）

"我喜欢看狡猾奸诈之人的尔虞我诈。然后，在最后发现实际上他们都是一伙的之类的。另外，最近觉得布鲁斯·威利斯的《不死劫》很有趣。"（60岁，男）

层出不穷啊，刚刚的那种让人厌恶的沉默时刻已烟消云散

（笑），大家谈论时的眼睛是那么炯炯有神。

"感人的故事"在之前的回答中虽然已经出现过，可这次与之前相比，说话人的表情完全不同。

之前提到"感动的故事"的学生，给人以优柔寡断和模糊不清的感觉，而这次大概是因为脑海中浮现了具体作品的缘故吧，言语有力、充满自信，而且表情也显得很愉悦。

请大家一定要记住这种感觉。

当开始写一篇文章时，比如一位初学者——或者是一位即将投稿的中级水平以上的作者——也常常会力不从心，硬逼着自己"写"的情况。

这时，他们满脑子都是"必须写出来""不能这么做"的想法，根本享受不了写作的快乐。

请你放松下来，尽情地享受写作的过程。

假设在学校或者职场发生了令你快乐的事情，当你向朋友讲这件事情时，你会很紧张吗？

"会紧张啊，如果对方是自己喜欢的人。"

是的。如果对方是你喜欢的人，那么经常会因为有压力而说不好。这是因为注意力总是被对方的反应和对方会怎样看自己的想法所干扰，而那个重要的"开心的事情"却被锁起来了。

相反，如果对方是你的家人或朋友，是非常熟悉的人，会怎样呢？你会很放松，甚至还会插入一些即兴表演或者开玩笑之类的，不是吗？

这样一比较，哪种情况讲述得更有趣，是不是就一目了然了呢？

这种现象同样适用于你的写作。相比在精神紧张的时候写作，放松愉悦时更容易写出有趣的作品。

"如果只要有人提醒你'请放松'，你就能马上放松下来的话，那就不用这么辛苦了。"

是的，你说的没错。所以，这本书就是帮助你"轻松写作""放松写作"的。

"我每次写的时候都很放松，也感觉不到什么压力。但是，写到一半就写不下去了……"

这是我在课堂上经常听到的一个问题。为了帮助学生解除这方面的困扰，我在书中介绍了"无论如何都可以写到最后"的写作顺序。

虽说本书更适合初学者来阅读，但同时包含了供"不知为何最近总是写不下去"的中级以上的写作者使用的写作技巧。

真心希望本书能为那些想要创作故事的人带来一些帮助。